阿 霞

［俄］屠格涅夫　著

萧 珊　译

人民文学出版社

И. С. ТУРГЕНЕВ
АСЯ
据 И. С. ТУРГЕНЕВ, СОБРАНИЕ СОЧИНЕНИЙ В 12 ТОМАХ (ГОСЛИТИЗДАТ, МОСКВА, 1954) 译出。

图书在版编目(CIP)数据

阿霞/(俄罗斯)屠格涅夫著;萧珊译. —北京:人民文学出版社,2018
(屠格涅夫自传体小说)
ISBN 978-7-02-014722-9

Ⅰ.①阿… Ⅱ.①屠…②萧… Ⅲ.①中篇小说—俄罗斯—近代 Ⅳ.①I512.44

中国版本图书馆CIP数据核字(2018)第268844号

责任编辑	柏　英
装帧设计	黄云香
责任印制	王重艺

出版发行	人民文学出版社
社　　址	北京市朝内大街166号
邮政编码	100705
网　　址	http://www.rw-cn.com
印　　刷	三河市中晟雅豪印务有限公司
经　　销	全国新华书店等
字　　数	57千字
开　　本	850毫米×1092毫米　1/32
印　　张	4.875　插页1
印　　数	5001—8000
版　　次	2019年1月北京第1版
印　　次	2019年4月第2次印刷
书　　号	978-7-02-014722-9
定　　价	39.00元

如有印装质量问题,请与本社图书销售中心调换。电话:010-65233595

目次

屠格涅夫全新的爱情审美言说 / 001

一 / 001	十二 / 083
二 / 007	十三 / 087
三 / 019	十四 / 091
四 / 023	十五 / 099
五 / 033	十六 / 105
六 / 039	十七 / 113
七 / 045	十八 / 117
八 / 051	十九 / 121
九 / 063	二十 / 125
十 / 073	二十一 / 129
十一 / 077	二十二 / 135

屠格涅夫全新的爱情审美言说

《阿霞》《初恋》《春潮》是屠格涅夫自传性的"青春记忆小说"。人民文学出版社以作家刻骨铭心的爱情之作来纪念这位俄罗斯文豪诞辰两百周年，有着特别的意义和价值。

这个系列聚焦了屠格涅夫从十九世纪五十年代后半期至七十年代这一俄罗斯历史上重要的时期和作家一个特殊的人生阶段。这是俄罗斯历史上一个风云激变的时代，也是作家由"不惑"迈进"知天命"的生命时段。此期间，屠格涅夫完成了他的全部六部长篇小说——《罗亭》（1855）、《贵族之家》（1858）、《前夜》（1860）、《父与子》（1862）、《烟》（1867）、《处女地》（1877），充分显现了作为一个"俄罗斯社会思想编年史家"的思想品格和艺术风范。与此同时，他也写下了中篇小说《阿霞》（1858）、《初恋》（1860）和《春潮》（1872）——爱情中的"实然"存在，它们与长篇小说并置,呈现了另一个屠格涅夫。

较之于外在世界的翻天覆地和被历史洪流裹挟的思想与艺术思考,屠格涅夫生命的记忆之声似乎显得微弱,常常会被淹没或悬置。然而,随着岁月的流逝、时代的变更,这一被记忆激活的青春爱情却愈益显示出其独有的风采和魅力。"没有,也不可能有无缘无故产生的创作。心灵总会被某种东西所惑。这可能是一个思想或是一种情绪,对别样的世界的向往或是对灿烂美好的世俗生活的爱,总有一种东西会点燃心灵,创作是一种真正的燃烧,如若它自己不能燃烧,那么就不可能燃烧别人。"① "记忆之所以具有治疗作用,是因为它具有真理价值。而它之所以有真理价值,又是因为它有一种保持希望和潜能的特殊功能"②,苏联批评家波隆斯基和美籍哲学家马尔库塞的这两段话,可以看作对作家爱情记忆小说的精神指认。

屠格涅夫在十九世纪俄罗斯文学史上第一次将爱情当作独立的审美对象,剥去了长期以来被人为赋予的社会政治意蕴,作品所呈现的爱情与时代、种族、阶级无关,它对过去、

---

① Вячеслав Полонский « О литературе », Советский писатель, 1988, C. 30.
② [美]赫伯特·马尔库塞,《爱欲与文明》,黄勇、薛民译,上海译文出版社,2014年版,第10页。

现在、未来永远是敞开的，是人类两性的"共情"状态。作家以线性的叙事框架，优雅的叙述姿态，白描式的从容笔墨，以肉与灵、心理与哲学的多重面向，呈现了一种全新的爱情审美言说。

屠格涅夫开启了爱情书写的"感性和身体之旅"，他从日常生活进入爱情叙事，强调人物的日常身份和发生在日常生活中的爱情。三部小说的叙事主人公其实都是青年时代的屠格涅夫的假托，他们分别是旅居德国的二十五岁俄罗斯青年H.H.先生（《阿霞》），在莫斯科"无愁园"别墅与父母一起居住的十六岁少年弗拉基米尔·彼得罗维奇（《初恋》），从意大利回国途中在法兰克福作短暂逗留的二十一岁的萨宁（《春潮》）。同样，小说中女主人公也有明确的日常身份：十七岁的俄罗斯姑娘阿霞，是与同父异母的兄长一起来德国莱茵河畔旅行的；被沃洛佳一见钟情的二十一岁的公爵小姐齐娜伊达，是他莫斯科的家"无愁园"别墅的邻居；萨宁爱上的十九岁德国女孩儿杰玛，是法兰克福"罗塞利意大利糖果店"老板娘的女儿。男女主人公的偶然相遇、一见钟情、交往生情，甚至随后波诡云谲的情感变化，都是在日常生活领域中展开的。屠格涅夫尽阅世事万象和情感繁芜之后记录下的日常生活中的爱情往事，无关乎社会、善恶，只关乎感情、美丑。

  小说中，身体性且与之相关的情感、欲望、意志等非理性因素在一场场恋情的发展或逆变中起了关键作用。H.H.先生对爱情的把握是瞬间的，感觉的。尚未发育完的阿霞吸引他的是她"略带褐色的圆脸上有着美丽的细小的鼻子"，"一头黑发剪得短短的，像男孩子那样梳着，浓浓的鬈发披在颈项上和耳边"。令他激动不安的是她那"娇柔的身子的接触"，"急促的呼吸"，他"觉得有一股微火像许多烧红的针似的跑遍"他的全身。作者告诉读者，没有了青春血肉也就没有了爱情中美的附着。随着与兄妹俩接触的增多，男主人公对阿霞美的认知才有了性格和精神内涵：她的"奇怪的微笑"以及像个"多变的蜥蜴"一样的性情：从朴实、温顺的女仆形象到努力扮演文雅、有教养的小姐角色，从任性古怪的精灵到温顺沉静的"窦绿苔①"。然而，感性的身体叙事一直贯穿始终，直到小说的语言层面。与第一人称叙事相适应，主人公的叙事话语始终透出非理性的迷狂。"突然在我的心里我感觉到有一种隐隐约约的骚动……我抬起头来望天空，——可是在天上也找不到安静：

---

① 歌德长篇叙事诗《赫尔曼与窦绿苔》中的女主人公。

天空密布着星星，它还是在摇晃，它还是在旋转，它还是在颤动；我低头看河水……在那里也是一样，在它那又暗又冷的深处，星星也在摇晃，也在颤动。"与男青年H.H.先生一样，阿霞也始终默默地沉浸在爱的感觉和遐想中，未得到爱的承诺的她竟"发着高烧，满脸泪痕……牙齿格格地打颤"，她请求兄长"尽快地带着她离开这里"，如果兄长"愿意她活下去"，甚至连兄长加京也不理解妹妹的这种表现，他对H.H.先生说，"您我都是有理性的人，我们不能够想象，她的感受是怎样深沉，这种感情挟着叫人不能相信的力量在她身上表现出来……我实在不能够了解，为什么她会爱您爱到这种地步。"①爱情被从理性中解放，真正的回归感性是从身体的表现这一角度来实现的。在这场猜谜式的爱恋中，H.H.先生一直在感性和理性间徘徊，爱情使他快乐、甜蜜、幸福、疯狂，也使他苦恼、无措。"跟一个十七岁的她那种性格的少女结婚，那怎么可能呢？"这是H.H.先生对于未来生活实利无益的少女古怪性格的担忧、烦恼和焦虑。两性情感中一旦有冷静的功利意识出现，当事人心中便会有"隐秘的恐惧"萌生，那一个"爱"字便难以说出

---

① 《屠格涅夫文集（5：中短篇小说）》，人民文学出版社，2001年版，第79页。

口了。短暂恋情的收场正是身体感性的溃退和生命理性的胜利。阿霞离去，H.H.先生这才有了含泪的"悔恨"：是理性的"魔鬼阻止我吐出已经到了我的嘴唇上的自白"。直至几十年过去之后，他才终于朦胧地意识到，情感、身体、审美在遭到理性压抑后爱情的失语和异化。

年仅十六岁的贵族少年沃洛佳朦胧的意识中已经有了"一种新鲜的、说不出的甜蜜的女性形象"，"一种半意识的、羞涩的预感偷偷地在那儿隐藏着了"。①我们从孩子式的天真里能读出原始而又蓬勃的潜意识中的异性向往、爱欲萌动。而真正令他产生从未有过的心跳、兴奋、激动的是"她那优美的体态，颈项，美丽的手，白头帕下面微微蓬松的淡黄色鬈发，半闭的敏慧的眼睛，这样的睫毛，和睫毛下面的娇柔的脸颊"。他会"越来越大胆"地端详她，神魂颠倒的他，把"'尤利乌斯·恺撒以作战勇敢而著名'的这一句，接连读了十遍——却并不知道是什么意思"。少年喜欢"摸彩"游戏，因为在一幅丝巾的遮盖下，能感觉到"她的眼睛亲切地、温柔地发着光，她张开的嘴唇吐出热气，她的牙齿露出来，她的发梢轻轻挨着我，使我

---

① 《屠格涅夫文集（5：中短篇小说）》，人民文学出版社，2001年版，第99页。

发痒，使我发烧"。为了证实对齐娜伊达的爱，沃洛佳不顾生死，敢于纵身凌空从高高的围墙上跳下，尽管失去了知觉，却在姑娘温柔的怀抱和柔软的唇吻中体验到"至上的幸福感"，"甜蜜的痛苦渗透我的全身，最后它爆发为大欢大乐的狂跳和狂叫"。少年朦胧的初恋中全然没有生命理性的羁绊，为了赢得她的欢喜他投入了全部的智慧与血肉，全然不顾她年长他五岁，还偷偷地恋着他的父亲。小说中齐娜伊达的美丽是通过少年沃洛佳"我"的感觉"折射"出来的，她的光芒是随着"我"的感觉的深入、情感的起伏一点点放大、灿亮的。

萨宁在法兰克福"罗塞利意大利糖果店"偶遇德国姑娘杰玛，救醒了她晕厥的弟弟，后来还与在餐厅调笑杰玛的醉酒军官进行决斗，挽回了姑娘的尊严与声誉，从而赢得了杰玛一家人的喜爱。其实，萨宁与杰玛的相恋并非是"英雄救美"传统模式的重现。杰玛并不具备让男人销魂的美丽，"她的鼻子略嫌大些，可是鹰钩形的轮廓却极为秀美，上唇有些淡淡的茸毛"。爱情的审美永远是美感决定着美，而不是美才引起美感的，"情人眼里出西施"的美感才是萨宁超越理性的认知所形成的生理和心理基础。令他怦然心动的是这个"十八九岁的少女，袒露的双肩上披散着黑色鬈发，赤裸的双臂向前伸着"，还有"明亮的灰色大眼睛"。萨宁并不在意杰玛悦耳的歌喉,欣赏的是她本人,越来越深地走进萨宁心中的不是她的"心灵"或"精神",而是一次又一次出现在他眼前的"俊美脸蛋儿","亭亭玉立的身材","优雅之中含着力量"的手势,"又黑又深""闪着亮光"的双眼,"夹着短短的极逗人的尖叫"的笑声。于是,"他什么也不考虑,什么也不盘算,毫不瞻前顾后了;他摆脱了过去的一切,一往直前:他从自己孤单的独身生活的忧郁的岸边一头扎进那欢快的浪花翻滚的强大激流里——他什么都不在乎,他不想知道这激流会把他带到什么地方去,也不怕这激流是否会使他撞到岩石上粉身碎骨!"他全然不顾杰玛是个准新娘,已有了一个仪表堂堂、优雅迷人且生意成功的未婚夫克吕贝尔。爱欲的本能、力比多的灌注与投射,可以制造爱情。发生在一八四〇年夏天的爱情故事,何以用"春潮"命名?那正是作者在说萨宁的情欲恰如春汛狂潮,这一非理性的自发力量迅猛、剧烈,不可遏止。同样,后来让萨宁魂不守舍,陷入一种人格分裂、狂乱幻觉状态中的是一个"身穿灰绿色透亮印花轻纱连衣裙,头戴白色透花纱帽……脸色娇艳红润,像夏天的清晨"一样的陌生女人。正是这个名叫玛丽亚·尼古拉耶夫娜的巧舌如簧的妖冶女人——情欲世界的征服者,利用了萨宁"喜爱一切美的东西"的本能冲动,摧毁了一桩美丽的爱情。

"才子佳人"多是中外作家和读者的爱情想象,在这一结构中女性多半无缘置喙,但屠格涅夫彻底打破了这一传统结构。展现女性生命意识的觉醒并成为爱情行为的主体,是屠格涅夫爱情言说的另一个重要特点。由阿霞、齐娜伊达、杰玛组成的女性世界,是高度自由、独立的。她们在爱情中仅仅听凭心灵的驱使,毫无畏惧,没有怨恨,顺受其命,有勇气独自去拥抱不幸与苦难。在爱情中她们不需要庇护者,她们行为的基点是爱,而不是"有所依凭"。给读者的阅读印象是,与青年男性的接触反而增加了她们原有的陌生感和孤独感。在她们看来,只有为了爱的爱,才有爱的纯真,才有真正的爱情。诚然,女主人公在爱情中的主体性表现形态各不相同:阿霞的爱剧烈而又深沉,"像一场大雷雨似的来得出人意外";齐娜伊达的爱高度自我,十分执着、义无反顾;杰玛的爱始终是宁静的。但她们性格中都有非常决绝的一面,阿霞默默地爱上 H.H. 先生后克制着内心的波澜,变得更加孤独自守,行为怪异,最终宁可逃离爱情,也不愿在自我激情的燃烧中毁灭。齐娜伊达不看重财富、地位,也不在乎年龄,围绕在她身旁的伯爵、绅士、军官、诗人个个年轻、漂亮、富有,然而她将他们玩弄于股掌之中,却偏偏爱上了"不穿华丽的衣服,不戴贵重的宝石,谁也不认识"的已逾不惑之年的男人,一种强烈的被支配欲直接激发了她的爱欲本能。少年沃洛佳"我"只能做出"这就是爱情,这就是激情,这就是情之所钟"的结论。小说中女性在男性文化塑造下的驯服性情与恩爱和谐的美景都已经失去。"阿霞们"不再像"娜塔莉雅·拉松斯卡雅们①"一样,成为检验男性、拯救男性的"女杰""精神恋",女性成为男性精神成长因素和精神理想守望者的文学"圣母"被屠格涅夫彻底放逐了。

屠格涅夫踽踽独行的生命成长及其所经历的精神与肉体磨难,促使他对爱情的审视始终立足于个体生命的感受中。他强调身体与爱欲的合法性,没有概念化地,甚至没有从道德层面认识爱欲命题。他用仁慈、宽容的眼光关注生命中的悲欢离合,探究人在爱情中的心理与精神变异,将爱情还原为与自然生命相交相依的鲜活而又脆弱的存在。小说中所有的爱情都是无果的,这既是屠格涅夫生命真实的反映,也是作家探究爱情真谛、构建更具心理、精神、哲学空间的爱情

---

① 屠格涅夫长篇小说《罗亭》中的女主人公。

言说的艺术意图所在。

爱欲是爱情的原动力,是骚动于生命深处,不以人的理性和意志为转移的自发力量,是奇特而又充满悖论的矛盾体。它既是崇高的,让人们以本能的性爱欢娱驱散人生的阴冷和无常,引导人们空灵忘我去创造人生的美丽与幸福;它也是消极的,会剥夺人们生命存在所不可或缺的自由,产生盲目的依附和奴性,让人沉沦、堕落。小说家始终在展现爱情独特的精神光芒,也不断重复着情欲对人的奴役,人在情欲面前的无力迷茫。

小说对阿霞遭遇爱情后"怕"的心理作了精细的描摹。"怕"的叙事是隐藏在"爱"的叙事中的,阿霞的爱情心理可以归结为恐惧与迷恋的两重情感原型,外显为阿霞的焦虑。她一怕其私生女的出身被H.H.先生识破,二怕母亲女佣的身份被他知晓,她担心贵族青年嫌弃她的卑微、浅薄、无趣。隐秘的精神负担加剧了她想在恋人面前表现自己的欲望,于是她打扮、多虑、好奇,时而忧愁、流泪,时而幸福、欢笑,迷恋而不知所终的心理加剧了她的担忧和恐惧。患得患失的青年H.H.先生即便十分欣赏和爱慕阿霞,也未能从狭隘的精神世界中展开一个恣纵开阔而又宁静愉悦的情感空间,只能眼睁睁地看着心爱的人离去。公爵小姐齐娜伊达是在半秘密状态中与少年的父亲幽会的，沃洛佳浑然不知，直到有一天十分惊诧地目睹了这个有着极强支配欲的姑娘遭到父亲鞭打惩戒的景象。遭遇爱情后的虐待与被虐看似矛盾对立，却是爱情潜意识中人格分裂的表征，是作家对源于人性复杂性的爱情复杂性的思考。萨宁在为筹办与杰玛的婚事变卖庄园的行程中，鬼使神差地被女商人玛丽亚诱惑而不知回返，陷入不能自拔的欲望牢笼中，堕落成她手中一个精神委顿、唯唯诺诺的性奴才。这是萨宁对杰玛爱情的不坚？或是他一时的执念之误？都不是，这不是作家对人性本能欲求或是道德面貌的臧否，而是关于情欲奴役人性的展示。"痛苦而无济于事的悔恨以及同样无济于事而痛苦的忘却——这些惩罚是不明显的，然而却是每时每刻都在进行的，像无关紧要然而却无法治愈的病痛，像一分钱一分钱地偿还一笔无法计算的债……"老之将至的萨宁尽管饱经沧桑、经验无数、充满了自省自责，却仍然无法找到答案：他怎么会抛弃那么温柔热烈地爱着的杰玛，而去追随一个他根本不爱的女人？

　　在屠格涅夫看来，爱情不存在浪漫主义和批判现实主义文学经典所崇尚的理想境界，理想爱情只是男女两性的一种向往，一种无法最终实现同时又无法放弃的生命追求。难以呈现理想爱情的小说家选择了回避与退却——走向了对爱情的唯美处理。回归爱情——在这样一种价值困境与审美选择中，屠格涅夫饱含激情地书写了后爱情生命激情的绽放。

作品里所有的爱情故事都以悲剧结束，但悲剧并没有成为这些小说的最终结尾。叙事主人公是伴随着爱情的波折成长的，小说中后悲剧的爱情叙事演变成了作者充满激情的抒情自白，情意失落后的精神升华，对爱情绝对价值的真挚咏赞。

阿霞离开德累斯顿后随同兄长去了伦敦，H.H.先生始终没有放弃追寻，直到她生死不明、永远消失。有了与阿霞未果的情感经历，H.H.先生才懂得了一条伟大的生命哲理："幸福没有明天——它甚至也没有昨天；它既不记忆过去，也不去想将来，它只有现在——而且这并不是一天——只是短短的一刻"。叙事人没有沉浸在曾经失落的爱情的怨恨中，他说："阿霞始终是我一生中最好的时期里所认识的那个少女……我认识了别的一些女人，——但是在我的心里被阿霞所唤起的那种感情，那种热烈的，温柔的，深沉的感情，我再也不能感到了。……我命中注定做没有家室的流浪者，在孤独的生活里度着沉闷的岁月，然而我像保存神圣的纪念品似的保存着她那些短简，那枝枯了的天竺花……一枝无足轻重的小草的淡淡的气息却比一个人所有的欢乐，所有的哀愁存在得更长久——甚至比人本身还要存在得更长久呢。"对他来说，爱情是一个美丽、生命和创造的概念，它所释放的生殖力与创造力是超越历史的。

《初恋》中少年沃洛佳的父亲早早地去世，齐娜伊达在成了多莉斯基夫人后不久也难产而死。在对无忧无虑的青春的回忆中，叙事人越来越隐含着一种讽刺和苦涩，随后又被另一种回忆——临近死亡的恐惧所终止。然而，他仍然把那场初恋当作生命中最有价值，绝无仅有的美妙情感。"当黄昏的阴影已经开始笼罩到我的生命上来了的时候，我还剩下什么比一瞬间消逝的春朝雷雨的回忆更新鲜，更可宝贵的呢？"昔日遐想的爱情成了他今日生命的希望和温暖。更何况，有了对齐娜伊达单相思的初恋，少年沃洛佳才有了对生命更真切的理解和感悟："啊，青春，青春，你什么都不在乎，你仿佛拥有宇宙间一切的宝藏……也许你的魅力的整个秘密，并不在于你能够做任何事情，而在于你能够想你做得到任何事情——正在于你浪费尽了你自己不知道怎样用到别处去的力量。"

杰玛与萨宁也没能成为夫妻。三十年后，在一个隆冬季节，白发苍苍而又孤苦无依的萨宁离开了彼得堡，出国寻找德国姑娘杰玛的踪迹。这时杰玛已远走纽约，萨宁在给她的信中讲述了至今没有家室、没有乐趣的孤苦无依的生活，恳请得到她的原谅和宽恕，因为他不想把内疚带进坟墓。以杰玛署名的斯洛克姆太太不仅表示了理解、宽容，还表示了感谢，因为他的出现才阻止了她成为奸商克吕贝尔妻子的厄运，才有了如今幸福的生活。萨宁将珍藏着的爱情信物——一个放在八角盒里的小小的石榴石十字架，镶在一个华贵的珍珠项链里，作为礼物送给了杰玛待嫁的女儿。在仍保留着爱的两人的心灵中，所有最卑微的背叛、最无耻的忘却、最出人预料的转变，尽管曾生成嫉恨的浓烟或僵冻的冰雪，但最终擦出了智慧之光，磨出了暖人的温热。因为有过对杰玛的忘却、背叛，萨宁才有了深深的人生自省、对爱情新的认知、对生命的万般珍惜。

屠格涅夫独特的爱情审美言说是他对青春记忆的创造性再造，他将爱情往事变成了爱情审美的源泉，将一桩桩未果的爱情变成了叙事人心灵中永恒而又神圣的精神财富，赋予了爱情命题神话诗学的品位。只此一念，他的小说也成了永恒。屠格涅夫的爱情书写，是在传统与现代两个不同文化维度的参照中展开的。他的价值立场不是单面的，而是多维的和立体的，充满矛盾和辩证的。甚至小说中的含混和暧昧都是其丰富性的必要因素，正是这种复杂多向的价值向度，生成了其原始而又蓬勃、丰富而感性的美学价值。可以说，屠格涅夫的爱情小说在一定意义上切中了现代人爱情的"启蒙"命脉，男人女人都遇见过爱情，但是对爱情本质的认知恐怕还远远不是如此深刻的、高尚的，在这个意义上屠格涅夫的"爱情启蒙"并没有失效。

张建华

二〇一八年九月

我那时候大概有二十五岁（H. H. 开始说）。你们看，这已经是很久以前的事了。我刚刚取得了我的自主权，动身到外国去，并不是像那时候一般人常常说的，"去完成我的学业"，却只是因为我想去看一看外面的世界。我那时年轻，健康，快乐，我的钱花不完，我还不曾遇到过任何操心的事，我无忧无虑地活着，我想做什么，就做什么——一句话说，我精力旺盛。我那时从没有想到：人不是植物，不能长久地繁荣。年轻人吃着金色的蜜饼，就以为是他每日的粮食；然而乞讨一片面包的时候会来的。可是说这种话有什么用处呢。

我没有任何目的、没有任何计划地到各处游历。我喜欢一个地方，就住下来，只要我一想到要看新的人脸（的确就是人脸）时，我立刻又上路了。我只有对人才感到兴趣；我受不了那些著名的古迹和珍贵的收藏；我看到向导，立刻就厌烦，不高兴起来。我在德累斯顿的绿色拱廊①里简直要发疯了。大自然对我有一种强有力的感应，可是我不喜欢它那种所谓的美：奇特的名山，岩石，瀑布，我不喜欢它那种盛气凌人的样子，我不愿意它来扰乱我。但是人脸啊，活人的脸——人的谈吐，他们

---

① 德国著名建筑。德累斯顿有名的博物馆，馆内保存了一套十六至十七世纪主要式样的精美艺术品。

的动作，他们的笑声——都是我生活里所不可少的。在人群中我常常感到特别的愉快和舒适。我喜欢到别人去的地方，我喜欢跟着别人一块儿叫喊，而同时我也喜欢注意别人叫喊时的神态。观察人使我产生兴趣……我不只是观察他们，我还带着欢乐的、不知足的好奇心在研究他们。但是我又离题太远了。

话说回来，大约在二十多年以前，我住在德国莱茵河左岸一个叫作 3① 的小城里。我正需要孤独。我在温泉遇到的一个年轻寡妇最近才伤了我的心。她非常漂亮，绝顶聪明，她对每个人都卖弄风情，对我这个可怜的罪人也是这样。开始她鼓励了我，末了她很残忍地伤害了我，就为着一个年轻的、有玫瑰色面颊的巴伐里亚的军官把我丢开了。我应该承认我心里的创伤并不很深，但是我需要暂时沉浸在哀愁和孤寂里面，——年轻人有什么不可以消愁遣闷的呢！——所以，我在 3 城住下来了。

这个小城使我喜欢的是：它位置在两座高山的脚底下，它那倾颓的城墙和荒凉的古塔，它那古老的菩提树，它那跨在一条清澈的小河——莱茵河的支流上的高桥，但是最使我喜欢的是它那种上等的好酒。太阳刚落山的傍晚（那是在六月间），

---

① 俄文字母，此指济津格城。

那些漂亮的淡黄色头发的德国少女在这座古城的小街上散步,她们遇见外国旅客,就用悦耳的低声说"Guten Abend①",她们里面有一些甚至在月亮升上古老房屋的尖顶、街道上的小石子在宁静的月光下显得很清楚的时候,还不愿意回家。我喜欢那种时候在这个小城里游荡;月亮好像从明净的天空里凝视着这个小城;这个小城感觉到它那种凝视,敏感而平静地立在那儿,全身沐浴在月光里,那种宁静的、同时又微微地激动着灵魂的月光里。哥特式的高钟楼顶上的风信鸡闪着淡淡的金光,同样的金光也在黑亮的河面上荡漾。细细的蜡烛(德国人是节省的),在斜屋顶下的狭小窗户里朦胧地燃着。葡萄藤不可思议地从石墙里伸展出它的盘绕的蔓藤;在三角广场上,古井旁边的阴影里有什么东西跑过去了;突然间那个带睡意的守夜人的口哨传到你的耳里来了,一条温顺的狗低声叫着;而温暖的空气那样抚摸着你的脸颊,菩提树的香味又是那么浓,使得你的心胸不由自主越来越深地呼吸着,"格雷琴②"这个名字又似赞叹、又似疑问地浮到嘴唇上来了。

3 小城离莱茵河约有两俄里。我常常去望那条庄严的河流,

---

① 德语:晚安。
② 《浮士德》中的女主人公。

坐在那棵孤零零的大梣树底下石凳上，或多或少带了些做作的样子老是去想那位狠心的寡妇。一座带着孩子般的面容、胸上有一颗宝剑刺穿的红心的圣母小雕像从树枝中间忧郁地望出来。河对面是个叫作 Л[①] 的小城，比我住的这个小城稍稍大一点。有一个傍晚我正坐在我所喜欢的长凳上，一会儿望着河流，一会儿望着天空，一会儿又望着葡萄园。在我的面前，一群金黄色头发的男孩爬上一只已经拖到岸上的船，涂了柏油的船反扣着。几只松松地张着帆的小船驶过去了，绿色的水波往前流去，微微有一点浪，也有一点涟漪。突然我听到了音乐的声音，我倾听着。在 Л 城里正奏着华尔兹舞曲，低音提琴断断续续地发出单调的低音，小提琴发出含糊不清的颤音，长笛大胆地吹起来。

"这是什么？"我问一个穿棉绒背心、蓝袜子、鞋子上带扣的老人，他正朝着我走来。

"这个吗？"他先把他的烟斗从这一边嘴角移到另一边嘴角，然后回答道："大学生们从 Б[②] 地来——举行一个 Kommers[③]。"

"我去看看这种大学生的'酒宴'怎样，"我想道，"而且我还没有到过 Л 城呢。"我找到一个摆渡的人，渡过河去了。

---

① 俄文字母，此指林茨城。
② 俄文字母，此指波恩。
③ 德语：大学生的酒宴。

不一定每个人都知道什么叫作"大学生的酒宴"。这是一种特殊的庆祝大宴会，在这宴会上一个地方的大学生，或者同乡会（Landsmannschafft①）里的大学生都聚在一块儿。差不多参加这个宴会的人都穿着旧时传下来的德国大学生的服装：轻骑兵的短上衣，长统靴和用特种颜色丝带做帽箍的小帽。这种大学生的宴会通常由一位高年级的同学主持。这快活的宴会一直继续到天亮：喝酒，唱歌（唱 Landesvafter②和 Gaudeamus③），抽烟，咒骂那班没有受过大学教育的俗人，有时候还请了乐队来。

在 Л 城举行的正是这样的一个酒宴——它在一家临街的、挂着"太阳"招牌的小旅馆的花园里举行。旗帜飘扬在旅馆和花园上面，大学生们坐在修剪得很整齐的菩提树下那些桌子旁边，有一张桌子底下躺着一只大喇叭狗④，旁边一个常春藤的凉亭里的乐师们起劲地一直在奏乐，时时喝啤酒来提他们的精神。在花园矮墙的外面街上围了一大群的人。Л 城善良的市民不肯错过这种观看外来的客人的机会。我也混在这一群观众中

---

① 德语：大学里的同乡会。
② 德语：大地的父亲。
③ 德语：我们要行乐。
④ 指一种大嘴巴、宽胸、短腿的猛犬，又叫虎头狗。

间，看大学生的面容，看他们拥抱，注意年轻人这种天真的撒娇作态，注意他们的热情的眼光，听他们的叫喊，他们的无缘无故的笑声——世界上最好的笑声——所有这些年轻生命的快乐的沸腾，这种充满生气的往前直冲的劲儿，不论它冲向哪里，只要它是往前冲呀，——这种无忧无虑的放任感动了我，而且使我兴奋。"我要不要去参加呢？"我问我自己……

"你还没有看够吗，阿霞？"我的背后，突然有一个男人的声音说着俄语。

"让我们再待一会儿罢。"一个女人用同样的语言答道。

我很快地回过头去……我看到一个漂亮的年轻人，戴了一顶便帽，穿着一件松松的短上衣。他的手臂上挽着一个身材不很高的少女，她戴了一顶草帽，整个脸的上半部都让帽子遮住了。

"你们是俄国人吗？"我不由自主地脱口说出来。

年轻人带笑回答道：

"是，我们是俄国人。"

"我绝没有料到……在这种偏僻地方。"我开始说。

"我们也绝没有料到，"他打断了我的话，"可是有什么关系呢？这不更好！让我来介绍我自己。我叫加京，这是我的……"他踌躇了一下,"我的妹妹。我可以知道您的名字吗?"

我告诉他我的姓名,于是我们交谈起来了。我才知道加京跟我自己一样借着旅行消遣,大约在一个星期以前来到Л城,就在这儿住了下来。老实说,我不喜欢在国外跟俄国人结识。我远远地就能认出他们,从他们走路的样子,从他们衣服的剪裁,主要的还是从他们脸部的表情。他们的那种自满的、瞧不起人的、有时还是很傲慢的神气,突然间会变成了谨慎和害怕的表情……他们立刻警觉起来,眼睛不安地闪动着……"天老爷!我说了什么傻话吗?他们是在笑我吗?"这种匆促的眼光好像在说……这一会儿过去之后——脸上的表情又恢复原先的庄严了,但偶尔又出现了一阵呆滞的惊惶失措。是的,我躲避俄国人,但是加京打第一眼起就让我喜欢了。世界上的确有这样一种幸福的面容,让人人都乐意望它,就像它在给你温暖,给你安慰似的。加京就有这样的脸,温和的、讨人喜欢的脸。大而温柔的眼睛,柔软的鬈曲的头发。他讲起话来有这种调子,即使你还没有看到他的脸,你只听见他的声调,也会感觉到他在微笑呢。

那个被他叫作妹妹的少女,第一眼看起来非常漂亮。她那张略带褐色的圆脸上有着美丽的细小的鼻子,差不多带孩子气的脸颊和明亮的黑眼睛:这个脸型里有一种独特的、特殊的东西。她的身材优美,但似乎尚未发育完全。她一点儿也不像她的哥哥。

"您愿不愿意到我们家里去?"加京问我道,"我想我们已经看够这些德国人了。真的,要是我们的年轻人的话,早就该打碎玻璃、摔坏椅子了,然而这些年轻人过于拘谨。你看怎么样,阿霞,我们可以回家吗?"

少女同意地点了点头。

"我们住在城外,"加京接下去说,"在葡萄园那儿高地上一所单独的小宅子里。那边风景好极了,去看看吧。房东太太答应给我们准备一些酸奶。现在天快黑了,您最好在月光下渡莱茵河。"

我们动身了。穿过低矮的城门(城的四周围着圆石砌成的古墙,连墙上的望楼都还没有完全崩塌),我们走入田野,顺着石墙走了大约一百步光景,就在一扇窄小的门前停下来。加京开了门,引我们从一条很陡的小路上山。路的两边的平台上种满了葡萄;太阳刚落下去,一抹淡淡的红光依旧照在绿色葡萄藤的高茎上,照在铺满了大小石板的干燥的地上,还照在一所有着倾斜的黑色横梁和四扇明窗的小宅子的白墙上。这所宅子就直立在我们正在攀登的山顶上。

"这就是我们的住处!"我们刚走近那所宅子,加京就大声地说。"看,房东太太拿酸奶来了。Guten Abend, Madame①……我们马上就坐下来吃晚饭;但是首先,"他接着又说,"先看看四周。您对这一片景致有什么说的?"

风景的确美极了。绿色的两岸中间银白的莱茵河躺在我们的脚底下。有一个地方的河水在落日的金辉下闪耀着红光。你能看到聚集在岸边的小城的所有的街道和房屋,那边过去一点,展开一片广阔的田野和群山。下面的风景的确很美,但更美的还是在天上:给我印象最深的是天空的明净和深邃,空气清朗透明。新鲜的、轻盈的空气静静地像波浪似的摇荡着,滚动着,似乎在高处它也感到更加自由了。

"您选了一所很好的住宅。"我说。

"是阿霞找到的。"加京回答道。"喂,阿霞,"他接着说,"你去安排一下。把东西全拿到这儿来,我们要在露天吃晚饭。这儿我们可以听到那边飘来的音乐。您注意到没有,"他转过来对我说下去,"华尔兹舞曲近处听起来一点儿意思也没有——

---

① 德语:晚安,太太。

不过是粗俗无聊的声音;可是远远地听起来,它就好得不得了!它能够唤起您所有的浪漫的情绪。"

阿霞(她的真名是安娜,然而加京叫她阿霞,所以你们也得让我这样叫她)这时候已经到宅子里去了,不久就跟房东太太一块儿回来。她们两个人抬着一个大茶盘,盘里盛着一罐牛奶,还有碟子、调羹、糖、草莓和面包。我们坐下来,开始晚餐。阿霞取掉帽子,她的一头黑发剪得短短的,像男孩子那样梳着,浓浓的鬈发披在颈项上和耳边。起初她对我非常害羞,但是加京跟她说:

"阿霞,你怕什么呢?他又不会咬人!"

她微微地笑了笑,过了一会儿她主动跟我谈起来。我从没有见过比她更好动的人。她从来也没有安静地坐过一阵;她一会儿站起来,跑进宅子里去,又跑出来,低声唱歌,一会儿她笑起来,而且笑得非常古怪:她好像并不是在笑她所听到的,只是为了跑进她脑子里面的种种思想笑着。她的大眼睛发亮地、大胆地直望着你,但有时她的眼睑微微地低垂,于是她的眼光立刻变成深沉而温柔的了。

我们闲谈了两个多钟头。白天早已过去,而黄昏(起初完全像火一样,然后明亮而通红,再后变成暗淡而朦胧,)也渐渐地消失、溶化在黑夜里了。可是我们一直像我们周围的空气那样和平地、安静地谈下去。加京叫人拿了一瓶莱茵葡萄酒来，我们安闲地喝酒。音乐仍然飘到我们这儿来，音调似乎比先前更悦耳，更柔和了。城里亮起了灯光，河面上也有了灯光。阿霞忽然埋下了头，她的鬓发就遮住了她的眼睛；她不做声，叹息了一声。后来她跟我们说，她瞌睡了，就回到宅子里面去了。可是我看见她并不点燃蜡烛，却在关着的窗前站了好久。最后月亮升起来了，照在莱茵河上。这四周的一切有的发光，有的变暗，全变化了；连我们的刻花玻璃杯里的酒也放出神秘的光彩。风停了，好像它也收起翅膀静息了。散发浓香的夜间的暖气轻柔地从地面上升起来了。

"该走了！"我大声说道，"不然，我可能找不到摆渡的船夫。"

"是该走了。"加京也说了一遍。

我们从小路下山。突然间有几个小石子跟在我们的身后滚了下来：原来是阿霞赶上来了。

"你还没有睡？"她哥哥问道，可是她并不理他，她跑到我们前面去了。

小旅馆花园里大学生们点的最后几盏灯的将灭的灯光，从山下照着树叶,给树叶添了一种欢乐的、奇幻的样子。我们在河边找到了阿霞,她正在跟摆渡的船夫谈话。我跳上了渡船,便跟我的两位新朋友告辞了。加京答应明天来看我;我握过他的手,也向阿霞伸出手去,她却只是望着我,摇摇头。船离开了岸,向急流的江心漂去。强健的老船夫把桨浸入黑暗的河水里,用力划着。

"您走进月光里面,您把它打碎了。"阿霞在我身后喊着。

我埋下眼睛,黑色的波浪在渡船的四周跳荡。

"再见!"我又一次听到阿霞的声音。

"明儿见。"加京也跟着她说。

渡船靠拢岸。我跳出船来,隔岸望去。对岸看不见一个人了。月光像一道金桥似的伸到河对面。有一曲兰纳①的华尔兹的老舞曲飘了过来,好像是送别。加京说得对,我感觉到我的心弦应和着那诱人的旋律在颤抖了。我慢慢地呼吸着夜晚的芬芳的空气,穿过黑暗的田野,走回家去;我回到自己的小屋子以后,仍然感到这种无对象、无目的的期望的带甜味的烦闷。我觉得我是幸福的……但为什么我是幸福的呢?我什么都不需要,我

---

① 兰纳(1801—1843),奥地利作曲家,所作舞曲甚多。

什么都不想……我是幸福的。

我心里满溢着快活和轻松的感情,几乎要笑出声来,我睡在床上,早已闭上了眼睛,我忽然记起了整个夜晚我连一次也没有想到我那位残酷的美人。"这是什么意思呢?"我问我自己,"我是不是又在恋爱了?"可是我就在问过自己这个问题之后,立刻像孩子在他的摇篮里似地睡着了。

第二天早晨（我早已醒来，但是还没有起床），我听到窗下有手杖轻敲的声音，有人在唱歌，我立刻认出那是加京的声音：

> 你还在睡吗？我要用七弦琴
>
> 唤你醒来……①

我赶快去给他开了门。

"您好，"加京一进门就说，"大清早我就来打扰您了，可是您看看，多好的早晨。新鲜，露水又多，云雀在唱歌。"

鬈曲发亮的头发，露出来的颈项，玫瑰色的面颊，他本人就像早晨一样的新鲜。

我穿好衣服，我们就到花园里去，坐在一张长凳上，叫人送来咖啡。我们开始闲聊起来。加京把他未来的计划告诉我：他有一笔相当大的财产，不需要依赖任何人，他有意专心从事绘画，只是后悔他想到这件事太晚了，白白浪费了这许多时间。我也告诉他我的计划，并且顺便还告诉他我的失恋的秘密，他

---

① 引自普希金的诗《我在这儿，伊涅齐里雅……》。

谦虚地听着我讲话，但是据我看来，我的热情并没有引起他多大的同情。他只是由于礼貌的缘故，才勉强跟着我叹息两三声，随后加京提议要我陪他回家，去看看他的画稿。我立刻同意了。

阿霞不在家，房东太太告诉我们：她已经到"古迹"那边去了。（这是一所封建时代古堡的遗迹，离开 Л 城约有二俄里光景。）加京拿出他所有的画给我看。画稿上充满生气和真实，也有一种豪放和壮阔的成分，但没有一张画是完成的，而且照我看来这些画都是草率的，不准确的。我很坦率地把我的意见告诉他。

"是呀，是呀，"他叹口气接着说，"您是对的，整个儿都是很坏的、不成熟的东西，但是有什么办法呢？我没有好好地学过，而且我们这种该死的斯拉夫人的懒散总是占上风。当你梦想工作的时候，你像鹰似的飞翔：你好像有移动天地的力量——可是一旦动手做起来，你立刻就变得软弱，疲乏了。"

我开始鼓励他，他只是摇摇手，捧起他所有的画稿，把它们丢在沙发上。

"如果我有一点点耐心的话，我或者会有一点儿成就，"他低声说，"如果我没有耐心，那么，我永远只是一个不学无术的、傻里傻气的纨绔子弟罢了。我们还是去找阿霞吧。"

我们就走了。

四

去古迹的路顺着一个狭窄的、树木茂盛的山谷的斜坡盘旋而上。谷底一条小溪喧哗地在石子中间流过去，它好像要赶快地流入大河，那条河就在陡峭的山顶的阴影面后边静静地闪光。加京叫我注意几处光彩悦目的地方。听他讲话，他即使不是一个画家，至少也是一个艺术家。不久古迹看得见了。在一个光秃山岩的顶上矗立着一座四角塔，这座塔虽然因年代久远成了黑色，但还是很坚固，不过看得出塔身已经让一条纵的裂痕分为两半了。塔连接着长满青苔的围墙，在塔的周围爬满了常春藤。弯曲的小树从灰色的城垛和开始崩坍的拱顶中垂下来。一条铺石子的小路通到那个还不曾毁坏的大门。我们快要走到大门，突然看到就在我们的前面，一个女人的身形用快步跳过一堆废墟，爬到一个突出的墙头，恰恰在悬崖上面。

"那可不是阿霞！"加京叫起来，"真是一个疯女孩子！"

我们穿过大门，进了一个小院子，那里一半的地方长满了野苹果树和荨麻。阿霞当真坐在悬崖的边上，她转过脸来对我们笑着，但是并没有移动一下。加京向她伸出一根手指警告她，我大声责备她的不谨慎的举动。

"不要说啦，"加京低声说，"不要惹她；您不了解她：她能够爬到塔顶上去。喂，您倒不如赞美这个地方的人的聪明。"

我朝我的周围看。在小木棚里货摊旁,一个老妇人坐在角落里编结袜子,她斜着眼睛从眼镜后面看我们。她卖啤酒、姜饼和矿泉水给游客。我们坐在长凳上,喝着盛在笨重的锡杯里的相当冷的啤酒。阿霞还是坐在原来的地方一动也不动,她的腿盘在她的身子底下,头上包着薄棉纱围巾,她的秀美的身姿映在明净清澈的天空里显得很分明,很动人。我带着反感地望着她。昨天夜里我就注意到她的一些做作的不自然的样子……"她要使我们吃惊,"我想道,"她的目的是什么呢?多么孩子气的恶作剧!"她好像猜中了我的思想似的,用急速而锐利的眼光看了我一眼,又笑了起来,她只跳了两跳就离开了墙,跑到老妇人跟前,向她讨了一杯水。

"你以为我要喝水吗?"她转身对她哥哥说,"不是,在那边墙上有几朵花得浇水呢!"

加京没有理她。她捧着杯子,又爬上废墟,时而停下来弯着身子,带着可笑的郑重的神情,在枯萎的植物上面洒几滴水。水点在明亮的阳光下发亮。她的动作很可爱,可是我还像先前那样生她的气。不过我也忍不住要赞美她的轻快,敏捷。在一处危险的地方,她尖声叫喊来吓唬我们,然后又大笑起来……我更加恼怒了。

"她跳来跳去就像一头山羊。"老妇人把眼睛从她的袜子上抬起来,望了一会儿,含糊地说。

最后,阿霞倒空了她的杯子,顽皮地摇摇晃晃回到我们跟前。她的眉间、鼻上、唇边都带一种奇怪的微笑,她的黑眼睛半像大胆、半像欢乐地睐动着。

"你以为我的举动有失体统,"她的表情好像在说,"我不在乎:我还是知道你是欣赏我的。"

"敏捷呀,阿霞,真敏捷。"加京小声地含糊不清地说。

突然间她好像害起羞来,垂下她的长睫毛,羞怯地坐在我们旁边,就像做错了事一样。现在我才第一次好好地看清楚了她的脸。我从没有见过像这样多变化的脸。过了一会儿她的脸渐渐变得苍白,露出一种专注的、差不多是忧郁的神情,她的面貌在我的眼里显得大人气些,严肃些,单纯些。她完全安静下来了。我们绕着古迹走了一转,欣赏风景,阿霞也跟在我们后面。午饭的时候快到了。加京向老妇人付了钱,又要了一杯啤酒来,他把酒杯举到嘴唇边,转身向我做一个狡猾的鬼脸,大声说:

"祝您的心上人健康!"

"难道他有——难道您有这样一位心上人吗?"阿霞问道。

"谁又没有呢？"加京回答。

阿霞沉思起来，她的脸又变化了，又露出一种挑衅似的、差不多是傲慢的微笑。

在回家的路上，她比先前笑得、玩得更厉害了。她从树上折下一根长树枝，像枪一样地扛在肩上，用围巾把头包住。我记得我们遇到一大家子英国人，都是淡黄色头发，态度很拘谨，他们好像听到命令似的一下子都转过他们的呆板的眼睛，带了冷静、惊讶的样子望着阿霞。她好像故意要激怒他们，就高声唱起歌来。我们到家以后，她立刻回到她自己的房间去了，一直到午饭的时候才出来，穿着很漂亮的、腰束得紧紧的衣服，精心地梳了她的头发，手上戴着手套。在桌上，她的举止非常有礼貌，甚至可以说是做作的。她差不多不吃一点东西，只偶尔用小杯子喝点水。她明明要在我的面前扮演一个新的角色——一个非常文雅的、教养很高的年轻小姐的角色。加京并不干涉她，看得出来他在任何方面对她纵容惯了。他只是时时好意地望着我，轻轻地耸耸肩膀，就像在说："她是一个孩子，请您宽容吧！"刚吃完午饭，阿霞站起来，对我们行个屈膝礼，戴上帽子，问加京，她可不可以到路易斯太太那边去。

"你从什么时候起要求我的允许来的呢？"他带着他那种

始终不变的、但这时却露一点窘相的微笑问道,"你觉得跟我们在一块儿没有趣味吗?"

"不,我昨天答应过路易斯太太,我要去看她。而且,我想你们两个人单独在一块儿会更好一点。H. 先生(她指着我)会再告诉你一些秘密。"

她走了。

"路易斯太太,是这个地方从前的市长的寡妇,"加京极力避开我的眼睛,说起来,"她是一位很善良、而且很单纯的老太太。她很喜欢阿霞。阿霞高兴跟境况不好的人做朋友。我已经看出来那原因始终是骄傲。您瞧,她是给我宠坏了。不过,"他沉默了一会儿,又接着说下去,"您叫我怎么办呢?我对任何人都不会苛求,对她当然更不会了,我不得不容忍她。"

我仍然不做声。加京换了话题,谈起别的来。以后我认识他越久,我就越喜欢他。很快我就了解他了。他有着真正的俄罗斯人的性格,忠实,正直,质朴,但不幸有点懒散,缺乏坚持力或者内在的火。青春不像一道喷泉水似的在他的心里涌流,而以宁静的光照耀。他很可爱,很聪明,可是我不能想象,他年纪大些的时候会变成什么样的一个人。他会成为画家吗?没有持久的、艰苦的工作是不可能成为画家的。"至于工作,"我望着他的柔和、温顺的面貌，或者倾听他那从容不迫的言论的时候，我不禁想着，"不，你绝不会努力工作的，你不能够集中你的力量。"但是你不可能不喜欢他：你的心让他吸引去了。我们在一块儿大约消磨了四个钟头，有时候坐在沙发上，有时候在宅子前面慢慢地走来走去，我们就在这四个钟点里面成为非常亲密的朋友了。

太阳落下去了，我应该回家去，可是阿霞还不曾回来。

"她多任性呀！"加京含糊地小声说，"要是您愿意，我可以送您回去，我们顺路可以弯到路易斯太太家里。我要问一下她在不在那里。这不会绕太多的路。"

我们下了坡，走到城里，弯进一条窄小的曲巷，我们就在一所房屋前站住了，这是一所只有两扇窗宽、四层高的宅子。二层楼比第一层更凸向街面，而三层楼、四层楼更比二层楼凸出。整所的房屋雕刻着古老的花纹，它那下面的两根大柱子，它那尖尖的瓦屋顶，和顶楼的像鸟嘴似的突出部分，这一切使这所宅子看起来像一只弓着身子的大鸟。

"阿霞！"加京喊道，"你在这儿吗？"

三层楼灯光明亮的窗户打开了，我们看到阿霞的小小的黑黑的头。在她的背后出现了一个没有牙齿、眼睛半瞎的德国老妇人的脸。

"我在这儿,"阿霞卖弄风情地把肘臂斜靠在窗台上说,"我在这儿很好。这给你,接住它,"她丢给加京一枝天竺花,接着又说:"你设想我是你的心上人。"

路易斯太太大声笑了。

"H.要回家去了,"加京高声说,"他来跟你告别。"

"真的吗?"阿霞轻轻地说道,"那么,把我这枝花给他吧,我马上就回家了。"

她砰的一声关上了窗户,我想她是在亲吻路易斯太太了。加京默默地拿给我这枝花。我也默默地把它放在衣袋里,走到了渡口,摆渡过了河。

我还记得在回家的路上,我什么也不想,可是我的心上感到异样的沉重。突然间我闻到一阵闻惯了的浓浓的、可是在德国却很少有的香气,这香气使我惊讶。我站住,看见路旁有一小块地上长着大麻。它这种草原上的香气使我立刻想起我的祖国,在我的灵魂里面唤起一种强烈的乡愁。我真想呼吸俄罗斯的空气,我真想在俄罗斯的土地上行走。"我在这儿干什么呢?为什么我要在陌生的国土里流浪,为什么我要生活在陌生人中间?"我嚷起来。压在我的心上那种非常沉重的重量突然变成了一种痛苦的、燃烧似的激动。我带着跟上一天完全不同的心境回到了家里。我觉得心里不高兴，很久都不能安静下来。一种连我自己也不了解的烦闷折磨着我。末了我坐下来，想起我那位狡猾的寡妇（我照例在每天临睡前想着那位太太），拿出她的一封信来，但是我连信都没有打开，我的思想就转到另一个方向去了。我开始想着……想着阿霞。我想起加京曾经暗示过的某些障碍阻止他回到俄国去。"当真，她是他的妹妹吗？"我高声说了出来。

我脱了衣服躺下，竭力想睡着，可是一个钟点以后我又在床上坐起来，肘子斜靠在枕上，想着那位"笑得不自然的、喜怒无常的少女"。"她像佛尼斯拿宫①中拉斐尔②画的小加拉蒂阿③。"我含糊地说道，"是的，她不是他的妹妹……"

那位寡妇的信静静地躺在地板上，在月光里显得很白。

---

① 佛尼斯拿宫，又叫作法纳塞别墅，在罗马，拉斐尔的壁画《加拉蒂阿》就在那里。
② 拉斐尔（1483—1520），意大利文艺复兴盛期画家。
③ 加拉蒂阿，希腊神话中海的女神。

5.

阿霞

第二天早晨我又到 Л 城去了。我极力使自己相信,我是去看加京的,但是我暗中却实在想去看看阿霞在干什么,她的举动是不是还像昨天那样地"古怪"。我看到他们都在客厅里,唉,真奇怪!——这是不是因为我在昨天晚上和今天早晨苦苦地想念俄罗斯的缘故呢?——我觉得阿霞完全是一个俄罗斯的少女,还是一个普通的少女,几乎就像一个女仆。她穿着一件窄小的旧长袍,头发梳在耳朵后面,静静地坐在窗前,带着一种朴实的、温顺的神情在绣架上刺绣,就像她一辈子从来没有做过别样事情一样。她几乎什么也不说,只是凝神地望着她的绣品,她的脸上笼罩着一种平凡的、日常的表情,使我不由自主想起我们家乡的卡佳、玛霞们①来。就像故意来完成这种相似一样:她开始小声地唱起《亲爱的小妈妈》②了。我望着她的带黄色的、没有生气的脸,想起我昨天晚上的那种思想,我也不由得忧愁起来。天气是出奇的好,加京告诉我们,他要去野外写生,我问他愿不愿意让我跟他一块儿去,我去了会不会妨碍他。

---

① 卡佳和玛霞是俄国一般少女的名字。
② 《亲爱的小妈妈》,俄罗斯民歌,俄国诗人莫克陵斯基作词(1830),音乐家阿·古利列夫作曲。

"正相反,"他答道,"你可以给我贡献好的意见。"

他戴上一顶凡·戴克式①的大帽子,穿着工作服,胳膊底下挟着速写本动身走了,我跟在他的后面。阿霞留在家里。临走的时候,加京关照她去看看汤不要烧得太清了,阿霞答应照料厨房的事。加京走到一个我早已熟悉的小山谷,在石头上坐下来,开始画一棵桠枝向四面伸出来的空心老橡树。我躺在草地上,拿出一本书来。我还不曾读上两页,他也不过涂污了画纸,我们就越来越起劲地谈起来了。我们讨论着,而且非常聪明、非常细致(至少我是这样看法)地讨论着:人应当怎样工作,什么是应该避免的,哪些规律是可以遵守的,还有我们这个时代画家的真正的作用在什么地方等等问题。后来加京说他今天"没有兴致",在我的旁边躺下来,于是我们这种年轻人的谈话就没有任何阻碍、自由地倾泻出来,一会儿热烈,一会儿沉思,一会儿高兴得不得了。但是我们的谈话总离不开俄国人爱用的不明确的言辞。我们畅谈了一番之后,我们的心里充满了一种好像我们做了什么事情、或者做成功了什么事情以后的满足的感情,我们就回家去了。我看到,阿霞的神情还是跟我们离开

---

① 凡·戴克(1599—1641),弗兰德斯善绘肖像画的画家。这里指他的肖像画中的帽子样式。

她的时候一个模样,无论我如何仔细地留意她,在她的身上我也找不出一丝卖弄风情的影子,或者故意做作的痕迹。这一次绝不能再说她是装模作样的了。

"啊,啊!"加京说道,"她在斋戒忏悔呢。"

晚上,她毫不掩饰地打了好几次呵欠,很早就回到她自己的房间去睡了。我也很快地向加京告辞回家去,我并不特别想什么,那一天就在平静的心情中过去了。现在我唯一能够记起来的事情,就是在我躺下去睡觉的时候,我不由自主地高声说出来:

"那个少女是怎样一个多变的蜥蜴呀!"我想象了一会儿,又接着说下去:"但是不管怎样,她不是他的妹妹。"

六

整整两个星期就这样地过去了。我每天去看加京他们。阿霞好像在躲避我,不过像我们刚认识的头两天里面那样叫我吃惊的顽皮举动,她一次也没有做过。她仿佛暗中有着隐秘的痛苦,或者惶惑不安;她也笑得少了些。我带了好奇心在观察她。

她的法语和德语都讲得非常流利,但处处都显出来她从小就没有得到女性的照应,她受着一种非常奇特的、不寻常的教育,跟加京所受的教育没有一点相同的地方。虽然加京戴一顶凡·戴克式帽子,穿一件工作衣,可是在他的身上仍旧发散着大俄罗斯贵族的温柔的、几乎是纤弱的气息。然而她却不像一位贵族小姐,在她的所有的举动里有一种不安宁——就像一棵刚接枝的野生的果树,一种还在发酵的酒。天生怕羞,胆怯,她多么恨她自己的羞怯,因此她极力使自己举止大方,勇敢,但是这也并不是常常成功的。好几次我想跟她谈谈她在俄罗斯的生活、她的过去,她总是不情愿回答我的问题。然而我却知道,她出国以前曾在乡下住了很久。有一次我碰见她正在看书。两只手捧着头,手指直伸到头发里面,目不斜视地专心在看书。

"好啊,"我走到她的身边,说,"您真用功!"

她很快地抬起头来,庄重地、严厉地望着我。

"您以为我只会笑吗?"她低声说,就打算走开。

我看她的书名：这是一本法国小说。

"无论如何，我不能够赞成您选的书。"我说。

"那么念什么呢？"她嚷起来，把书丢在桌子上，接着又说下去："我还不如出去瞎胡闹去。"就跑到花园里去了。

就在这天晚上，我高声朗诵《赫尔曼与窦绿苔》①给加京听。刚开始的时候，阿霞只是在我们旁边走来走去，后来就突然地站住，侧耳倾听，静静地挨着我坐下，一直听到我读完。第二天我又不认识她了，那个时候我并没有想到她会起这样的念头：学窦绿苔似的温驯、沉静。一句话说，我觉得她是一个谜似的人，不管她是自负、自傲到了极点，然而甚至在我恼恨她的时候，她还是吸引了我。只有一件事是我越来越相信的：她不是加京的妹妹。他不像一个哥哥似的对待她，他太宠爱她了，太迁就她了，同时还有点勉强的样子。

一个奇怪的机会显然证实了我的猜疑。

有一天晚上，我到加京他们住的葡萄园里去，我发现那扇小门已经上锁了。我不加考虑就跑到我早已注意到的围墙塌了的地方，跳了过去。离开那里不远，在小路的旁边，有一个爬

---

① 《赫尔曼与窦绿苔》是德国大诗人歌德的长篇叙事诗。

满金合欢的小凉亭。我刚到那边,正要往前走的时候,我听到阿霞的声音,她一边抽泣,一边激动地说:

"不,除了你以外,我任何一个人都不要爱,不,不,我只要爱你一个人,——而且永远地爱你一个人。"

"好啦,阿霞,安静一点!"加京说,"你知道我相信你的。"

他们谈话的声音从凉亭里飘出来,我能够在稀疏交织的树枝中间看到他们两个人,但是他们看不到我。

"你,就是你一个人!"她重复着说,两只手臂抱着他的颈项,带着痉挛性的呜咽声开始吻他,紧紧地贴在他的怀里。

"好啦,好啦。"他又说了一次,伸出手来轻轻地抚摸她的头发。

我不动地站了好一会儿……我突然惊醒过来了。"我应该到他们那里去吗?绝不去!"这念头在我的脑子里闪过。我用快步回到墙边,跳过墙,到了大路上。我差不多跑着似的奔回家去。我笑笑,擦擦自己的手,这一个突然证实了我的猜疑的机会(我从来也没有怀疑过我的猜疑是错误的)使我很吃惊,同时我的心里也很痛苦。"他们真会做假啊,"我想着,"但是为什么呢?他们欺骗我的目的是什么呢?我绝没有料到他会来这一手……多么多情的表白呀!"

七

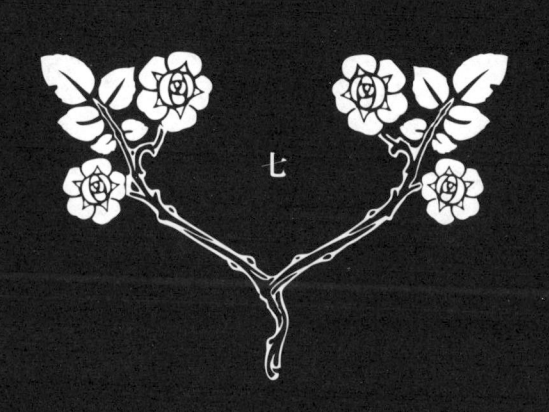

我睡得不好,第二天早晨我起得很早。我把旅行背袋缚在背上,告诉我的房东太太,晚上她不用等我回去。我就徒步往小山那边走去,顺了流过 3 小城的那条河的上游走着。那些小山是一个叫作狗背的山脉的支脉,从地质学的观点看来是很有趣味的。它们特别以玄武岩地层的形状整齐和质地纯粹而著名,但是我对那些地质学上的岩层并不感兴趣。我不能够对我自己解释明白,我心里在想些什么。但是有一个感觉我是非常清楚的——不愿意跟加京他们见面。我使自己相信,我突然讨厌他们的惟一理由只是对于他们的"口是心非"的怨恨。是谁使他们不得不冒充兄妹呢?但是,我竭力不去想他们,悠闲地在群山和幽谷中间游荡,在乡村的小旅馆里久坐,跟旅馆主人和旅客们安闲地谈天,或者躺在平坦的、太阳晒热的石头上仰望云片的飘浮;很幸运的是,天气非常好。我就这样地过了三天。但是在这三天里面我也并不是毫无乐趣的,虽然有时候我的心沉郁。恰好我的心境跟这个地方大自然的宁静十分和谐。

我完全沉醉在这些偶然得来的印象的平静的变幻里:印象不断地变化,它们从容地一个接一个在我的心灵中飘了过去,末了只留下一个总的感觉。凡是我在这三天里面所看到的,所感觉到的,所听到的一切,全糅和在这个感觉里,我所说的一切包含着：树林中树脂的清香，啄木鸟的叫声和轻啄声，清澈的小溪的不倦的饶舌，溪流的沙底上游着的带斑点的鲟鱼，群山的朦胧的外形，幽暗的岩石，干净的小乡村和年代久远的古教堂和老树，草地上的鹳鸟，轮子转动得很快的舒适的磨坊，穿着蓝色衬衣、灰色长袜的乡下人的亲切的面容，肥马或者母牛拖着轧轧作声的缓慢的货车，在两旁种植苹果树和梨树的清洁大路上走着的长头发的年轻过路人……

就是在现在，回想着那些日子的印象，在我还是一件愉快的事，我问候你，德国土地上一个朴素的角落和你真诚的喜悦，你无处不有勤劳的手的痕迹，坚忍而从容的工作的痕迹……我问候你，愿你平安！

在第三天的夜晚，我回到了家里，我忘记说了，由于对加京他们的怨恨，我曾想把那位狠心的寡妇的形象唤回到我的心里来，然而我的努力是白费的。我记得有一次，我试着去想念她的时候，我看见在我面前站着一个五岁左右的乡下小女孩，她有一张圆圆的脸和一对天真地瞪着的小眼睛，她带着稚气的单纯的表情望着我，我不好意思看她那纯洁的眼睛。我不愿意在她的面前撒谎，就在这时候，我马上跟我过去的恋爱对象告别了，永远地告别了。

我回到家里就看到加京留给我的一张便条。我突然的决定叫他吃惊,他责备我没有带他一块儿旅行,他要我回家后马上就到他们那里去。我不高兴地读了这封信,但是第二天我又到 Л 城去了。

八

加京很友善地接待我，对我加以种种友好的责备。但是阿霞好像故意似的，一看见我就无缘无故地大笑起来，而且跟往常一样又跑开了。加京显得有点窘，在她的背后低声地说她发疯了，请求我原谅她。我得承认，阿霞叫我非常生气。我本来已经有点不痛快，而现在又听到这种不自然的笑声，看到这些装腔作势的动作。无论如何，我得做出什么都没有注意到的样子，跟加京聊起这次短期旅行的一些细节。加京也告诉我在我离开的那些时间里他做了些什么。但是我们的谈话显得非常勉强。阿霞走进屋里来，但又跑出去了。末了我说我有些急迫的工作要做，必须回家去。加京起先挽留我，后来他注意地望了我一下，便提议送我回家。阿霞突然从前厅里跑过来，向我伸出她的手，我轻轻地握一下她的手指，毫不明显地跟她行了礼。加京和我渡过莱茵河，走过我所喜欢的大桦树底下有着圣母小雕像的地方，我们坐在长凳上欣赏这一片景色。就在那儿，我们开始了一番很有意思的谈话。

我们起先交谈了几句话，后来望着莱茵河发亮的河水，不做声了。

"告诉我，"加京突然带着他平日那种微笑说起来，"您对阿霞的意见怎样？您是不是觉得她有些古怪？"

"是的。"我说，并不是没有一点惊讶的样子，我的确没有料到他会谈起她来。

"您要把她了解清楚以后才可以批评她，"他说道，"她有一颗非常善良的心，和一个难于驾驭的头脑。要跟她处得好并不是一件容易的事。如果您知道她的身世，您就不会责备她了……"

"她的身世？"我打断他的话，"她不是您的……"

加京向我看了一眼。

"您想她不是我的妹妹吗？……不对！"他接着又说下去，并没有注意到我的狼狈，"她实在是我的妹妹，她是我父亲的女儿。听我说罢。我信任您，我要把整个故事都告诉您。

"我父亲是一个非常善良、聪明、受过很好教育的人——但是并不幸福。命运对待他并不比对待别的任何人坏；可是他连它的第一次的打击都忍受不了。他年轻时候由于爱情结了婚。他的妻子，我的母亲死得很早——她死的时候，我还只有六个月。我父亲带着我到乡下去，整整有十二年，他没有到任何地方去过。他亲自教育我，如果不是他的哥哥，我的亲伯父到乡下来看我们，他就永远不会跟我分开。这位伯父长年住在彼得堡，他在那里担任一个非常显要的职务。他劝我父亲把我交托给他，因为父亲无论如何不愿意离开乡下，我伯父跟他反复说：一个像我这样年龄的男孩子与世隔离、完全孤独地生活下去，是一件很不好的事，而且跟着我父亲那样的一个非常忧郁、沉默的教师，我一定会落在别的跟我年龄相仿的男孩们的后面，甚至我的性情也可能变坏。父亲一直不肯听从我伯父的劝告，可是最后他终于让了步。我跟父亲分别的时候，我哭起来了，我爱他，虽然我从来没有看见他脸上有一丝微笑……但是我一到彼得堡，我立刻就忘记了我那阴暗的、没有欢乐的家了。我进了陆军士官学校，后来编进一个近卫军联队里面。每年我回到乡下过几个星期，我看见我的父亲一年比一年更忧郁，更深沉，而且多思善虑到了懦怯的地步。他每天去教堂，几乎连怎样说话都忘记了。有一次我回家的时候（那时我大概已经过了二十岁），我在我家里第一次看到一个瘦瘦的、黑眼睛的十岁光景的小女孩——阿霞。我父亲说她是他领来抚养的一个孤儿，——他是这样说的。我并没有对她特别注意。她怕羞，机警，沉默，好像一只小野兽一样，只要我走进我父亲喜欢的那个房间（一间阴暗的大房间，我母亲就死在那里面，在那个房间里即使在白天也得点蜡烛），她就会立刻躲到他的伏尔泰式的扶手椅①后面，或者书橱的背后去。以后三四年，我因为公务上的关系没有回到乡下去。每个月我从我父亲那里收到一封短信。他很少提到阿霞，即使提到，也只是匆匆的一笔。他虽然已经过了五十岁，可是看起来他还是像一个年轻人。所以你可以想象出来我那时的惊惶：有一天我突然地、毫无思想准备地接到我们总管写来的一封信，报告我父亲病危的消息，而且说如果我想送我父亲的终，就得马上回家去。我火速地赶到家里。我父亲还活着，可是差不多只剩下最后的一口气了。他见了我非常喜欢，用他的瘦弱的手臂拥抱我，他的又像是探问、又像是恳求的眼光久久地凝视着我的眼睛。在我确实答应了满足他的最后的愿望之后，他吩咐他的老用人去叫阿霞进来。老用人带着她进来了，她浑身打颤，几乎站都站不住了。

"'这儿，'父亲很费力地对我说，'我留给你我的女儿，——你的妹妹。你可以向雅科夫问个明白。'他指着那个老用人，又添了一句。

"阿霞痛哭起来，伏倒在床上……半小时以后我父亲去世了。

---

① 一种高背深座的扶手椅。

"我打听到的就是这些：阿霞是我父亲跟我母亲从前的女用人塔季扬娜生的女儿。我还很清楚地记得塔季扬娜，我记得她那高高的、优美的身材，她那美丽的、庄重的面容，她那黑黑的大眼睛。大家都以为她是一个骄傲的、不可亲近的姑娘。我从雅科夫的充满了尊敬的、含蓄的话中了解到，我父亲跟她的关系是在母亲去世以后不多几年里开始的。那时候塔季扬娜已经不住在主人的宅子里了，她跟她的结过婚的姐姐，我们的看家畜的女用人一块儿住在一个小乡村里。我父亲非常爱她。我离开家以后，他甚至要跟她结婚，但是不管他一切的恳求，她还是不愿意做他的妻子。

"雅科夫站在门口，双手抄在身后，接着说下去：亡故的塔季扬娜·瓦西里耶夫娜是一个谨慎的女人，绝不愿意做任何对你父亲不利的事。'对于您，我是一个什么样的妻子呢？我又是一个什么样的太太呢？'她当着我的面就是这样说的，少爷。

"塔季扬娜甚至不肯搬回到我们家里来住，她带着阿霞一直住在她的姐姐家里。我还记得，在我小的时候，只有逢节日在教堂里看得见塔季扬娜。她头上包着一块黑头帕，肩上披了一条黄色披巾，在人群中她总站在靠窗户的地方。她的端庄的侧影清晰地在明亮的玻璃窗上现出来。她带着温顺而严肃的神情祈祷，按照古老的仪式深深地躬着身子。我伯父带走我的时候，阿霞只有两岁。她母亲去世的时候，她不过九岁的光景。

"塔季扬娜死后，父亲马上把阿霞领回家来。以前他也表示过要领她回家的意思，可是塔季扬娜连这个要求也拒绝了。您不难想象阿霞给带到主人宅子里来的时候的心情。就是现在，她还不能忘记她第一次穿上绸衣服，她的手第一次让仆人吻着的那个时候。她母亲活着的时候，对她管教很严，而在我父亲的宅子里她却享受完全的自由。我父亲是她的教师，除他之外，她从来没有看见过别人。他并不纵容她，这就是说，他并不溺爱她，可是他热情地爱着她，从不拒绝她的任何要求：在他的心灵里，他感觉到自己对不起她。阿霞不久就了解到，她是家里最重要的人，她明白主人就是她的父亲；但是不久她也了解到她的私生女的地位。自尊心在她的心里过分地发展，怀疑也一样地生长起来了。坏习惯生了根，纯朴消失了。有一次她向我承认，她要使全世界的人都忘记她的出身，她因为她的母亲感到羞惭，同时她也因为她自己会有这种念头而感到羞惭，于是她骄傲自己有这样的一位母亲了。你看，她不论在过去,现在,都知道这么多在她那种年龄所不应该知道的事……难道这是她的错吗?青春的活力在她的内心里骚动,她的血在沸腾,而近旁又没有人可以指导她。她在任何方面都是绝对的自主!要忍受她也不是容易的事!她要跟别的贵族小姐们一样。她热心地钻到书本里去。但这些有什么用处呢?她的生命不正常地开始,继续不正常地发展下去。但是她的心并不曾变坏,她的智慧也未受到损伤。

"这样,我一个二十岁①的年轻人,突然间就要负责照管一个十三岁的小姑娘了。在我父亲去世后的最初几天,她只要听到我讲话的声音就要打颤,我的抚爱反而使她难过。她还是慢慢地逐渐跟我熟起来的。说真话,后来她相信我真把她当作妹妹看待,而且像爱一个妹妹似的爱着她的时候,她便非常热情地爱着我:她的任何感情都毫无隐瞒地向我倾吐了。

"我带着她到彼得堡去。虽然跟她分别很使我痛苦——我却不能把她带在我的身边;我就把她送进一所最好的学校。阿霞也知道我们必须分开,可是她却害起病来,而且病得几乎死去。后来她也能够忍受了,在寄宿学校里住了四年,可是跟我的期望完全相反,她差不多还是跟从前一个模样。校长为她常

---

① 原文是二十岁的年轻人。但上面说过:三四年以前他第一次看到阿霞的时候,他已经过了二十岁。这时显然他不止二十岁。

常跑来向我诉苦。她说道：'责罚她是不可能的；可是她连好话也不肯听。'阿霞特别聪敏，功课非常好，比任何别的女孩子都好。但是她从来不肯服从纪律，性子固执，傲慢……我不能过分责备她，处在她那种境地，她如果不是讨好别人，就是跟人合不来。在她所有的同学里，她单单跟一个同学，跟一个贫穷、难看、受人虐待的女孩子要好。那些跟她一块儿念书的，大多数都是生长在上流家庭的年轻小姐们，她们不喜欢她，她们嘲笑她，她们尽可能地欺负她。阿霞也丝毫不肯让她们。有一次，在上宗教课的时候，教师讲到罪恶，阿霞就高声地说：'谄媚和懦弱是最坏的罪恶。'一句话说完，她还是走她本来的路。只有她的举止稍微改变了一点，可是就在这方面我觉得她也没有多大的进步。

"后来，她到了十七岁，她不能够再待在寄宿学校里面了。我的处境很困难。我突然想到了一个好主意：辞职，带着阿霞到外国去旅行一两年。我刚想起这个主意，立刻就做——所以我们就在这儿，在莱茵河岸上了。在这儿我想从事绘画，而她呢……还是玩她的花样，举动还是跟从前一样的古怪。现在我希望您不要太严格地批评她了。虽然她装作什么都不在乎的样子，实际上她重视每个人的意见，特别是您的意见。"

加京又露出他那安静的微笑了，而我却热烈地、紧紧地握着他的手。

　　"事情就是这样的，"加京又说下去，"但是我拿她毫无办法。她真像火药一样，虽然到今天还没有一个人中她的意，可是倘使有一天她爱上了谁，这才叫麻烦呢！有时候我真不知道对她怎样才好！前几天她忽发奇想——她忽然跟我说，我待她比从前冷淡了，她说她只爱我，而且除我以外绝不会爱任何别的人……后来她就那样伤心地哭起来……"

　　"原来是这样……"我刚刚说，就咬住舌头不讲下去了。

　　"那么，请告诉我，"我问加京道（我们彼此已经很信任了），"难道她从来没有遇到一个叫她中意的人吗？在彼得堡她一定见过不少的年轻人。"

　　"那班人她全不喜欢。不，阿霞需要一个英雄，一个不寻常的人物——不然便是一个画上有的那种山谷里的牧羊人。可是我跟您聊得太久了，我耽误您了。"他接着又添了一句，站起身来。

　　"一点也没有，"我说道，"我们还是到你们那儿去罢，我不想回家了。"

　　"那么您的工作呢？"

我没有做声，加京高兴地笑了，于是我们就回到 Л 城去。远远地我望到熟悉的葡萄园和山顶上的白色小宅子的时候，我感到一种甜意——是的，一种甜意，——蜜偷偷地流进我的心里来了。加京的故事使我的心头轻松。

九

阿霞在宅子的门口迎接我们。我以为她又要大笑了，但是她脸色苍白，不做声地埋着眼睛朝我们走来。

"他又回到这儿来了，"加京说道，"可是你要注意，是他自己要回来的。"

阿霞探问地望着我。我便向她伸出我的手，这一次我紧紧地握着她的冰冷的、细小的手指。我觉得非常同情她。现在我能够了解很多从前使我迷惑的事：她内心的不安，她没有能力控制自己，她那种炫耀的欲望——现在这一切我都非常明白了。我能够一直看到她的灵魂——一种隐秘的负担时时刻刻紧紧地压着她，她那没有经验的虚荣心不停地、混乱地在挣扎，但是她整个的身心努力向着真实。我了解，为什么这个奇怪的少女吸引了我，这不仅是那种流露在她整个娇弱的身体里面的几乎是野性的美吸引了我，我也喜欢她的灵魂。

加京开始翻弄他的画稿。我要求阿霞到葡萄园里散步一会儿。她立刻带着快乐的、几乎是顺从的神气同意了。我们走下到半山，坐在一块宽石板上。

"您不跟我们在一块儿，不感到寂寞吗？"阿霞说。

"那么，我不在的时候你们感到寂寞吗？"我问道。

阿霞瞟了我一眼。

"是的,"她答道,"山上好吗?"她立刻又说下去,"山高不高?山比云还要高吗?把您看到的讲给我听。您告诉过我哥哥,可是我什么都没有听到。"

"谁叫您要走开呢?"我提出来说。

"我走开……因为……现在我不会走开了,"她以一种信任的、温柔的声音接着说下去,"今天您生气了。"

"我生气吗?"

"是的,您生气了。"

"为什么您要这样想呢?"

"我不晓得,不过您是生气啦,而且生着气走了。我看见您那样地走了,非常难受。现在您回来了,我真高兴。"

"我也高兴我又回来了。"我低声地说。

阿霞微微地耸了耸肩,好像孩子们高兴的时候常常做的那个样子。

"啊,我很会猜呢!"她接着说下去,"我只要听到爸爸在隔壁房间里咳嗽的声音,就知道他对我是不是满意。"

在这天以前,阿霞从来没有一次跟我提到她的父亲,这使我惊奇了。

"您爱您的爸爸吗?"我问道,突然我觉得我脸红了,这叫我非常苦恼。

她没有回答,可是她的脸也红了。我们两个人都不做声。远远的,在莱茵河上,一只轮船很快地驶过去了,留下一道烟。我们望着它。

"您为什么不跟我讲点什么呢?"阿霞小声地说。

"为什么今天您一看到我就笑起来了?"我问道。

"我不晓得。有时候我想哭,可是我反而笑了。您不该根据我的举动来批评我。啊,随便说说吧,关于罗累莱①的那个传说是怎么一个故事?我们可以看到的那个,就是她的岩石吗?据说,她曾经使所有的人淹死,可是有一天她爱上了一个人,她自己跳到河里去了。我喜欢这个传说。路易斯太太给我讲各式各样的故事。路易斯太太有一只黄眼睛的黑猫……"

阿霞抬起头来,摇着她的鬈发。

"啊,我多快活!"她说。

就在这个时候,无数单调的、断断续续的声音传到我们的

---

① 传说莱茵河右岸岩石上有女妖罗累莱,以歌声引诱船夫,使船触礁沉没。有许多作品是根据这个传说写成的,其中以海涅的诗《罗累莱》最为出名。这首诗已成德国的民歌了。——俄文本编者注

耳边。千百个声音带着抑扬的节奏合唱着一节赞美诗：一群拿着十字架和旗子的香客在我们下面的那条路上过去了……

"啊，要是我能够跟他们一块儿去多好！"阿霞听着歌声逐渐消失，说了。

"您是这样信神的吗？"

"我喜欢一个人跑到很远的地方去祈祷，去做些艰苦的事业，"她继续往下说，"可是日子过去了，生命溜走了，我们做了些什么呢？"

"您真有志气，"我说，"您不愿意白白地活着，您要在您的身后留下痕迹……"

"难道那是不可能的吗？"

"不可能！"我几乎要说了出来……可是我望着她的明亮的眼睛，我只有轻轻地说：

"试试罢！"

"告诉我，"阿霞短短地停了一下，又说,在她不说话的时候，一个阴影掠过她的脸，她的脸显得非常苍白了，"您很喜欢那位太太吗？……您还记得吗，就在我们认识的第二天，在古迹上我哥哥还为她的健康喝过酒呢！"

我笑起来了。

"您哥哥在开玩笑。我从来没有喜欢过一位太太；至少，现在没有一个人叫我喜欢。"

"在女人身上您喜欢的是什么呢？"阿霞带着孩子气的好奇心问道，她的头朝后一仰。

"多奇怪的问题！"我大声地说。

阿霞有点不好意思。

"我不该向您问这种问题，是不是？原谅我，我习惯了想到什么就说什么。也就是因为这个缘故，我怕讲话。"

"讲吧,看在上帝的面上,不要害怕,"我说下去,"我很高兴,您终于不再对我害羞了。"

阿霞埋下眼睛，发出一声轻轻的、温柔的笑声，我从来没有听到她那样地笑过。

"那么，跟我讲点什么吧，"她说了，整理一下她的长衫的下摆，使它垂在她的脚边，好像她预备在那里久坐似的，"跟我讲点什么吧，或者念点什么给我听，就像那回您给我们朗诵一节《奥涅金》那样，您记得吗？"

她忽然沉思起来……

　　如今那里有一个十字架、一片树荫

覆盖在我可怜的母亲的墓上！①

她轻轻地念着。

"在普希金的原诗里不是这样。②"我说。

"我多愿意我就是塔季扬娜③,"她带着同样的沉思的神情说,"跟我讲点什么吧。"她突然活泼地、大声地说了。

我没有讲故事的心情。我望着她坐在那儿,全身沐浴在阳光里面,显得那么安静,那么温柔。在我们四周,在我们下面,在我们头上,一切都欢乐地闪着光,——天,地,水,连空气看起来也充满了光辉。

"看,这多美!"我不由自主地压低声音说。

"是,真美!"她同样轻柔地说了,并不望我一眼,"倘使我同您是小鸟,我们会怎样地高飞,会怎样地飞翔……我们会怎样地淹没在这一片蓝空里!……可是我们不是鸟。"

"可是我们会长出翅膀来的。"

"怎么会呢?"

---

① 引自普希金的长诗《奥涅金》第八章第四十六节。
② 在普希金的原诗里是保姆,不是母亲。
③ 塔季扬娜是《奥涅金》里的女主人公。

"您活下去，就会懂得的。有一些感情会使我们从大地上升起来飞翔的。不要着急，您将来也会有翅膀的。"

"那么您已经有了翅膀吗？"

"我怎么来回答您呢……我觉得直到现在我还没有飞过。"

阿霞又落在沉思里去了，我微微斜着身子靠近她。

"您会跳华尔兹舞吗？"她突然地问我道。

"我会跳。"我答道，我有点惊讶了。

"那么，我们走吧，我们回去吧……我请我哥哥给我们奏一支华尔兹曲子……我们可以想象我们是在飞，我们已经长出翅膀了。"

她向宅子跑去，我跟在她的身后跑。几分钟以后，我们跟着兰纳华尔兹舞曲的美好的声音，在那间窄小屋子里旋转着。阿霞跳华尔兹舞跳得非常好，而且跳得非常高兴。某种温柔的女性的神态突然地在她的处女的矜持的脸上显露出来了，过了好久，我的手臂还感觉到她那娇柔的身子的接触；过了好久，我好像还听得到她那急促的呼吸就在我的耳边；过了好久，她那披着浓密鬈发的苍白而兴奋的脸上一对差不多闭着的、不转动的黑眼睛还仿佛在梦里那样地在我的眼前出现。

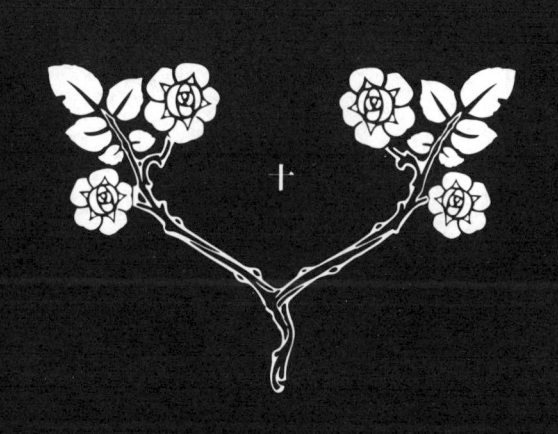

这一天过得非常好。我们像孩子似的玩着：阿霞很可爱，但也很单纯，加京望着她非常高兴。我离开他们的时候已经很晚了。船摇到莱茵河的中流，我请求渡船老人让船自在地顺流而下。那个老人从水里举起桨来——于是这庄严的河流载着我们往前走了。我环望四周：倾听着，回想着，突然在我的心里我感觉到有一种隐隐约约的骚动……我抬起头来望天空，——可是在天上也找不到安静：天空密布着星星，它还是在摇晃，它还是在旋转，它还是在颤动；我低头看河水……在那里也是一样，在它那又暗又冷的深处，星星也在摇晃，也在颤动。我觉得处处都有一种不安的兴奋——那种兴奋在我的心里也越来越强了。我靠在船边上。我耳边的微风的絮语，船尾下面河水的轻柔的潺潺声使我感到烦躁，波浪的清凉的气息并不能使我冷静下来。一只夜莺突然地在岸上唱起来了，我感染到它那歌调的甜蜜的毒素。眼泪涌到我的眼眶里来了，但是这并不是空泛的、快乐的眼泪。现在我所感到的已经不是那种模糊的、不久以前当我心灵舒展、歌唱而且觉得它什么都了解、什么都爱着的时候，我所体会到的那种无所不包的渴望的感觉……不，幸福的渴望在我心里燃烧着。我还不能够叫出它的名字——但这已经是幸福，这已经是完全的幸福了——这正是我所企求,我所渴望的幸福……小船继续顺流飘浮,那个摆渡的老人坐在船上倚着他的桨在打瞌睡了。

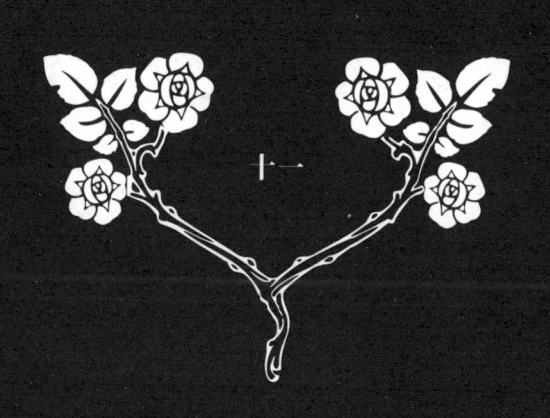

第二天我去加京他们那里的时候，我并没有自问：我是不是爱上了阿霞，但是我老是想念她。我关心她的命运，我高兴我们这次料想不到的接近。我觉得只是从昨天开始我才认识她；在那个时候以前她总是躲着我。而现在她终于向我显露出来她的真面目，她整个的形态让一种多么令人沉醉的光辉照亮着，她这个形态对我是多么新奇。多么神秘的魅力在她这个形态上躲躲闪闪地显露出来了……

我脚步轻快地顺着那条熟悉的路上走去，时时刻刻望着远处可以看到的白色的小宅子。我没有想将来——我甚至连明天都不想，我非常快乐。

我走进屋子的时候，阿霞的脸微微发红。我注意到她又打扮得很漂亮了，不过她那脸上的表情跟她的服装不调和：她带着忧愁的样子。我却是非常高兴地来了！我甚至觉得她好像又要像平常那样地跑开，不过勉强地留在这里。加京完全沉溺在艺术家的那种兴奋和狂热的特殊心情里面：那班初学艺术的人，每逢他们自以为真如他们自己所说似地"捉住了大自然的尾巴"的时候，就会突然地发生一阵这样的兴奋，这样的狂想。他站在一块画布前面，头发散乱着，身上沾满了油彩，把画笔在画布上大笔地挥着。他粗暴地向我点点头，往后退了一步，眯着眼睛，又专心去搞他的画了。我不愿意打扰他，就在阿霞旁边坐下来。她那双黑眼睛慢慢地转向着我。

"今天您不像昨天那个样子了。"我几次想引起她唇上的一丝微笑，都没有成功，就这样说了。

"不，我不是昨天那个样子了，"她慢慢地用一种低沉的声音回答我，"但是没有什么事。我没有睡好；我整整想了一个晚上。"

"想些什么？"

"啊，许多事情。我小时候就有这么一个习惯：还是从我跟妈妈住在一块儿的时候开始的……"

她很费力地说出"妈妈"这个字眼，以后她又说了一遍：

"我跟妈妈住在一块儿的时候开始的……我想着：为什么就没有一个人能够知道他要发生些什么事情？为什么有时候你明明看到不幸来了，你却没法躲开它呢？为什么你就永远不能够完全讲出真话呢？……后来我又想：我什么都不知道，我一定要学习。我应该再受教育，过去我受的教育太差。我不会弹钢琴，又不会绘画，我连刺绣都很差。我什么长处都没有，您跟我在一块儿一定会感到很无聊。"

"您对您自己太不公平了，"我答道，"您读过很多书，您很有教养，再加上您的聪明……"

"我聪明吗？"她问道，带着那种天真的好奇心，这使我不由自主地笑出声来，但是她丝毫没有笑意，"哥哥，我聪明吗？"她向加京问道。

他没有回答，继续在工作，膀子举得高高的，常常在换他的画笔。

"有时候我自己也莫名其妙我的脑子在想些什么，"阿霞带着同样的沉思的神情说下去，"真是天晓得，有时候我连我自己也害怕起来了。啊，我多么希望……这是真的吗？女人不应该读书太多？"

"不必读得太多，但是……"

"告诉我，我应该读点什么书？告诉我，我应该做些什么事？我愿意照您告诉我的去做。"她带着天真的信赖的神情望着我，添上了最后的一句话。

我一下子找不出话来对她说。

"您跟我在一块儿不觉得无聊吗？"

"哪儿的话！"我说。

"啊，谢谢您！"阿霞说，"我以为您会感到无聊的。"

于是她的滚热的小手紧紧地握着我的手。

"H.！"这时候加京叫起来，"这个背景是不是太暗？"

我走到他跟前去。阿霞站起来，走出去了。

十二

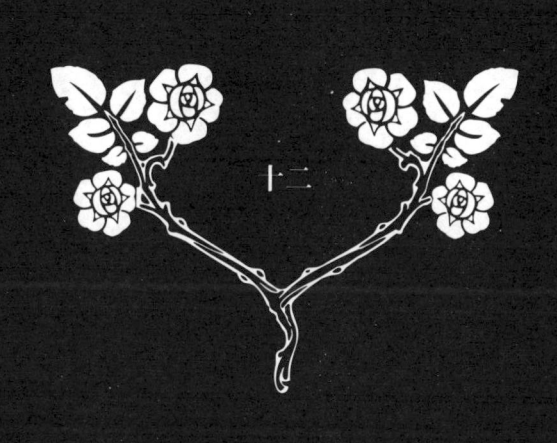

一个钟头以后,她又回来了,站在门口,向我招手。

"听我说,"她说,"倘使我死了,您会为我伤心吗?"

"您今天的想法多怪!"我大声地说。

"我觉得我不久就要死了;有时候我想象这周围的一切都在跟我告别。死倒比这样活着好得多。啊,不要这样地望着我,我真的不是在做假。不然我又要怕您了。"

"难道以前您怕过我吗?"

"倘使我真是那么古怪,错也不在我,"她说,"您看,我连笑都笑不出来了……"

一直到晚上她都是忧愁的,心事重重的。她心里发生着一些我不了解的事情。她的眼光常常停留在我的身上,我的心在她的谜似的注视下面微微地颤动了。她好像平静了,可是无论什么时候,我望着她,我总想跟她说,不要再激动了。我暗中在欣赏她,我发现在她那苍白的脸上,在她那踌躇的、审慎的举动中有一种动人的美。不知道为什么缘故,她以为我不高兴了。

"听我说,"在我快要告别的时候,她说,"我怕您会把我当作一个轻浮的人,这个念头使我痛苦。以后我告诉您的话都请您相信,但是您也要坦白地对我:我给您保证,我会永远对您说真话！"

"保证"这个字眼又使我笑出来了。

"啊，不要笑，"她急急地说，"不然我今天就要拿您昨天跟我说过的话对您说了：'您为什么笑？'"她停了一下，又接着说下去："您可记得，昨天您讲的关于翅膀的话？……我的翅膀已经长出来了，只是无处可飞。"

"哪儿的话，"我说，"所有的路都在您的面前展开了……"

阿霞恳切地直望着我的眼睛。

"您今天瞧不起我。"她皱着眉头说了。

"我？我瞧不起您？……"

"怎么一回事？你们两个人都是垂头丧气！"加京插进来说，"要不要我像昨天那样给你们奏一支华尔兹？"

"不要，不要，"阿霞扭着她的手说，"今天什么都不要！"

"我不会勉强你，安静一点……"

"什么都不要！"她又说了一遍，她的脸色变得苍白了。

"她会爱上我吗？"我想着，我走近浅黑波浪在那里急速滚流的莱茵河了。

十三

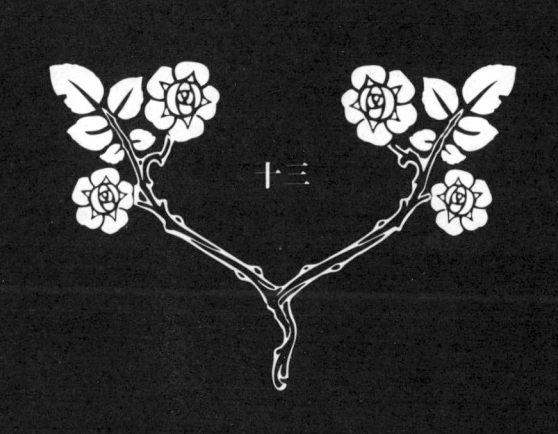

"她会爱上我吗?"第二天早晨我一醒来就这样地问自己。我不愿意窥探我的内心。我觉得她的形象,"这个笑得不自然的少女"的形象已经深印在我的心灵里面了,我短时间内没法摆脱它。我到Л城去,我在那里待了一整天,可是只有一会儿工夫看到阿霞。她不舒服,她头痛,她只下楼来一会儿。她的前额包了起来,她显得消瘦,苍白,她的眼睛差不多闭上了。她无力地笑了笑,说:"这就会过去,没有什么关系;一切都会过去,不是吗?"她就走开了。我觉得无聊,一切似乎都显得愁闷,空虚了。然而过了好些时候,我都下不了离开那儿的决心,一直到夜深,我才回家,也并没有再见到她一面。

第二天早晨就在半梦半醒的状态中过去了。我想动手做一些工作,但是做不了,我什么都不要做,什么都不要想……可是连这一点也还是不成。我在城里逛了一阵,回到家里,我又出去了。

"您是H.先生吗?"忽然有一个孩子的声音在我的背后说。我回过头去,看到一个小男孩站在我的面前。"这是安奈特小姐给您的。"他说着,交给我一张字条。

我打开来一看,认出这是阿霞的不规则的、潦草的笔迹。"我一定要见您,"她写着,"今天四点钟请您到古迹附近路上的石头小教堂里来。今天我做了一件非常不谨慎的事……来吧,看在上帝的面上!您就会什么都知道的……对送信的人您只消说一个'是'字就成了。"

"有回信吗?"那个男孩问道。

"你就说'是'吧。"我回答。

男孩跑开了。

十四

我回到屋子里，坐下来，开始想着。我的心跳动得很快。我把阿霞的字条读了几遍。我看看表，还没有到十二点。

门开了，加京走进来。

他满脸愁容。他拿住我的手紧紧地握着。他显出非常激动的样子。

"什么事？"我问道。

加京搬过来一把椅子，就在我的对面坐下。

"三天以前我的故事叫您吃惊过，"他勉强地笑了笑，迟疑一下说，"今天我更要使您吃惊了。跟任何别一个人，我大概不会有决心说得这么坦白！……但您是一个好人——您是我的朋友，是不是？听我说吧：我的妹妹阿霞爱上了您！"

我吃了一惊，站起来……

"您的妹妹，您说……"

"是啊，是啊，"加京打断我的话，"我跟您说，她疯了，她还要逼着我发疯。可是幸而她不会撒谎——她信任我。啊，这个女孩子有怎么样的一个灵魂！……她会毁掉她自己，她一定会毁掉她自己！"

"您弄错了。"我说。

"不，我没有弄错。昨天，您知道，她差不多在床上躺了一整天，她什么都不吃，但是她并不诉苦……她从来不诉苦。虽然傍晚她有一点儿发热，我也不担心。可是晚上两点钟光景，房东太太叫醒了我：'到您妹妹那儿去，'她说，'她好像病了。'我就跑到阿霞那儿，看到她还穿着衣服，发着高烧，满脸泪痕，她的前额烫极了，她的牙齿格格地打颤。'你怎么样？'我问道，'你病了吗？'她扑到我身上搂住我的颈项，恳求我，如果我愿意她活下去，就尽快地带着她离开这里……我一点都不了解这是怎么一回事，但我设法让她安静下去……她抽噎地哭得更厉害了……突然在她的呜咽声中我听出来……啊，总之，我听出来她爱上了您。我实在告诉您，您我都是有理性的人，我们不能够想象，她的感受是怎样深沉，这种感情挟着叫人不能相信的力量在她身上表现出来，这种感情像一场大雷雨似的来得出人意外，而且不可避免。您是个很可爱的人，"加京继续说，"但是我应当向您承认，我实在不能够了解，为什么她会爱您爱到这种地步。她告诉我，她一看到您就爱上您了。这就是为什么那一天她哭着，要我相信她，除了我以外她绝不会爱上另外一个人。她以为您看轻她——她以为您也许已经知道她是怎样的一个人了。她问我究竟有没有告诉过您她的身世。当然，望：她要离开这里，而且马上离开这里。我陪她坐到早晨。她要我允许她：明天我们就不再留在这里，一直到我允许她的时候，她才睡着了。我考虑又考虑，最后，我决定来跟您谈谈。照我看来，阿霞是对的：我们兄妹两人最好离开这里。要不是我的脑子起了这么一个思想来阻止我，我今天就已经带了她走了。也许……谁知道呢？——您会喜欢我的妹妹。如果真是那样，那么为什么我要带她走呢？后来我决定不管那一切虚伪的羞耻……而且我自己也注意到一两件事情，……我决定来问您……"可怜的加京显得非常狼狈。"请您原谅我，"他又加了一句，"我是不习惯这种激动的。"

我握着他的手。

"您希望知道我是不是喜欢您的妹妹吗？"我用一个坚定的声音说，"是的，我喜欢您的妹妹。"

加京望着我。

"可是，"他又迟疑了一下，"您不会跟她结婚吧？"

"您要我怎样来回答这一个问题呢！您自己想想吧，现在我怎么能够知道……"

"我知道，我知道，"加京打断了我的话，"我没有任何权……这是非常不礼貌的……但是叫我怎么办呢？人不应该玩火的。您不了解阿霞。她会生病，她会逃走，她会约你私下去会她……别一个女人或者能够什么都不表露，等待着，但是她不能够。这在她是第一次，——这就麻烦了！要是您看得到今天早晨她跪在我的面前抽噎地哭着的情形，您就会了解我的担心了。"

我思索起来。加京的那句话"她会约您私下去会她"刺痛我的心。倘使我不拿同样的真诚去回答他的真诚，我就太可耻了。

"是的，"最后我说，"您说得对，一个钟头以前，我收到您妹妹的一封短信，就在这里。"

加京拿着这张字条，他匆匆地看了一遍，把手垂在膝上。他脸上的惊讶的表情显得非常可笑，但是我丝毫没有笑的意思。

"我再说一次，您是一个可尊敬的人，"他说道，"但是现在我们怎么办呢——怎么办呢？她自己要离开这里，她又写信给您，同时又责备她自己做了一件不谨慎的事……但是她什么时候有工夫写这封信呢？她要您干些什么呢？"

我使他平静下去，我们力求冷静地商量我们应该采取的步骤。

后来我们俩以样地决定下来，为了避免任何的事故中起见，我决定到指定地点去赴约，跟阿霞诚实地解释一下；加京允许留在家里，绝不显出他已经知道那封短信的事。我们决定晚上再见面。

"我完全信任您，"加京说，握着我的手，"可怜可怜她，也可怜可怜我。无论如何，明天我们还是要走的，"他站起来，又说了一句，"因为您绝不会跟阿霞结婚。"

"给我一点时间，到今天晚上再说吧。"我说。

"随您的意思，不过您不会跟她结婚的。"

他走了。我倒在长沙发上，闭上眼睛。我的头发昏。许多许多的印象一下子全涌到我的脑子里。我恼着加京的坦白，我也恼着阿霞，她的爱使我快乐，也使我苦恼。我不能够明白是什么理由使她全盘都告诉了她的哥哥。我必须很快地、几乎即刻就决定这件事，这使我痛苦了……

"跟一个十七岁的她那种性格的少女结婚，那怎么可能呢？"我说着，站了起来。

十五

阿
霞

在约定的时间,我渡过莱茵河,我在对岸第一个遇到的人,就是今天早晨到我那里来过的小男孩,他显然在等待我。

"安奈特小姐给您的。"他低声说,又交给我另一张字条。

阿霞通知我变更我们的约会地点。要我在一个半钟点以后,不是去小教堂那里,却要到路易斯太太的家里去,要我敲底层的门,直上三楼。

"又是'是'吗?"男孩问道。

"是。"我再说了一遍,便顺着莱茵河岸走着。

已经没有时间回家了,我也不愿意在街上闲荡。城墙外面有一座附设了撞柱戏①场子的小花园,还为爱喝啤酒的人预备了几张桌子。我走了进去。几个上了年纪的德国人正在玩撞柱戏。木球咚咚地滚着,时时可以听到叫好的声音。一个眼泪汪汪的漂亮的女侍拿给我一杯啤酒。我望望她的脸,她很快地回转身就走了。

"是啊,是啊,"隔壁座位上一个红脸颊的胖先生说,"我们的汉卿今天非常伤心:她的未婚夫去当兵啦。"

我望了望她,她站在一个角落里,一只手托着脸颊,眼

---

① 一种游戏,立九根柱子于地上,滚球过去,以撞倒柱子多寡决定胜负。

泪连串地顺着她的手指掉下来。有人要喝啤酒,她拿了一杯给他,又回到她原来的地方站着。她的悲哀使我感动,我开始想到那个就在眼前的约会,但我的思想不是欢乐的,而是烦恼的。我并没有带着一颗轻快的心去赴这个约会,等待我的不是互相恋爱的欢乐的陶醉,却只是履行一个已经说出的诺言,执行一个困难的任务。加京的话"跟她是不可以开玩笑的",这句话好像箭一般地刺到我的心里。仅仅在三天以前,在那只让波浪载着顺流而下的小船里面,我不是感到我所渴望的幸福的折磨吗?现在幸福是可能的了——而我却踌躇起来,我推开它,我不得不推开它……它突然地来到使我感到不安。阿霞本人,她的火一般的性格,她的身世,她的教育,这个迷人而古怪的少女——我承认,她使我害怕了。这些感情在我心里斗争了好久。约定的时间近了。"我不能够跟她结婚,"最后我决定下来,"她不会知道我也爱上了她。"

我站起来,放了一个泰勒①在可怜的汉卿的手里(她连谢都没有谢我),我就向路易斯太太家里走去。空中已经布满了傍晚的阴影,在暗黑的街道上面的那一段狭窄的天因落日的反

---

① 旧时德国银币,一泰勒等于三马克。

光变成了玫瑰红。我轻轻地敲门,门马上打开了。我跨进门槛,发觉自己在完全的黑暗里。

"这边走,"一个老妇人的声音说,"等着您啦。"

我在暗中摸索着走了两步,一只全是骨头的手牵住我的手。

"您就是路易斯太太吗?"我问她。

"是我,"就是那个声音在回答我,"是我,我的漂亮的年轻人。"

那个老妇人带着我走上一条很陡的楼梯,在三楼上一个门口停下来,借着从一扇小窗射进来的微光,我看到市长的寡妇的满是皱纹的脸。她那瘪进去的嘴唇上露出一个叫人讨厌的狡猾的微笑,她的无光的眼睛眯起来,她向我指着一扇小门。我的手痉挛地一动,就把门打开了,我走进去以后,砰的一声,门又让我关上了。

十六

我走进去的那间小屋子相当暗,所以起初我没有马上看到阿霞。她正坐在靠近窗口的椅子上,一条长披巾裹住她的身子,她的头掉转在一边,差一点藏了起来,好像一只受惊的小鸟似的。她呼吸急促,全身打颤。我说不出地可怜她。我走近她的身边,她却把头掉得更远些……

"安娜·尼古拉耶夫娜①。"我说道。

她突然身子完全挺直了,她想看看我——可是她不能够。我握住她的手,手是冷的,在我的手掌里它好像是死人的手一样。

"我希望……"阿霞开口说,极力想笑一下,但是她的没有血色的嘴唇不肯听她的话,"我希望……不,我不能够。"她又说了一句,沉默了。她说的每个字都是不连贯的。

我在她的身边坐下来。

"安娜·尼古拉耶夫娜。"我又说了一遍,可是我也不能够再往下说了。

我们两个人都不做声。我还是握着她的手,望着她。她跟先前一样缩成一团地坐着,呼吸困难,轻轻地咬住下嘴唇,不

---

① 阿霞的本名和父名。

让自己哭出来，同时又不让涌起来了的眼泪流下来……我望着她：在她的胆怯的静坐不动中，有一种动人的可怜无靠的样子；好像她非常疲倦，勉强走到椅子跟前，就倒在那上面了。我的心软了……

"阿霞。"我用几乎听不到的声音说……

她慢慢地举起她的眼睛向着我……啊，一个恋爱中的女人的眼光，——谁能够描写呢？这对眼睛，它们在恳求，它们表示信任，它们又在追问，它们又表示服从……我不能抵抗它们的魔力。我觉得有一股微火像许多烧红的针似的跑遍我的全身。我弯下身去，吻她的手……

我听到一个断断续续的、叹息似的颤抖的声音，我觉得有一只颤抖得如一片树叶的手在我的头发上轻轻地抚摩。我抬起我的头来，看到了她的脸。啊，它改变得多么快！害怕的表情完全消失了，她的眼光好像已经到遥远的地方去了，而且把我也引了去；她的嘴唇微微地张开，她的前额白得像大理石一样，她的鬈发飘散在后面，就像让风在吹着似的。我什么都忘了，我把她拉近我的身边，——她的手柔顺地服从我，她的整个身体也跟着被拉过来了，披巾从肩上滑了下去，她的头轻轻地靠在我的胸上，放在我的灼热的嘴唇下面……

"我是您的……"她用几乎听不到的低低的声音,喃喃地说着。

我的手臂已经搂住她的身体了……可是突然间,加京的面影像一道电光似的射到我的脑子里来。

"我们在干什么!"我嚷起来,激动地向后退去,"您哥哥……他完全知道……他知道我跟您在一块儿。"

阿霞倒在一把椅子上。

"是的,"我继续说道,站起来走到屋子的那一头去,"您哥哥什么都知道……我不得不告诉他了……"

"不得不吗?"她含糊地说,她显然还没有完全清醒过来,她不大明白我的话。

"是啊,是啊!"我多少有一些残忍地重复说,"这件事全怪您——怪您一个人。为什么您把您的秘密告诉了他呢?谁在强迫您把所有的事都告诉您哥哥呢?他今天来找过我,把您跟他讲过的话全讲给我听了。"我极力不去看阿霞,大步在屋子里走来走去,"现在一切都完了,一切,一切!"

阿霞想从椅子上站起来。

"坐着,"我大声说,"请您坐着,我求您,在您面前跟您讲话的是一个正直的人——是的,一个正直的人!可是看在上帝的面上，告诉我，是什么使您激动的呢？难道您看出了我有什么变化吗？可是，您哥哥今天到我那儿来的时候，我不能够在他面前撒谎。"

"我在讲些什么话？"我心里想道，我成了一个没有道德的骗子，加京知道我们的约会，全被误解了，全被泄露了——这些念头就在我的脑子里响着。

"我并没有叫我哥哥来，"阿霞吃惊地小声说，"是他自己到我那儿来的。"

"您看看，您做了些什么，"我继续说下去，"现在您却要走……"

"是的，我应当走了，"她用同样的低声说道，"我请您到这儿来，只是为了跟您告别！"

"您以为，跟您分别，在我是一件容易的事吗？"我大声说。

"那么，您为什么要跟我哥哥说呢？"阿霞带着迷惑的样子说了这句话。

"我对您说，我再没有别的办法了，要是您自己不先泄露……"

"我把我自己锁在屋子里，"她直率地回答，"我不知道我们房东太太还有一把钥匙……"

在那种时候，出自她的嘴里的这样天真的解释，当时差不多叫我生气了……可是现在，我想到它就不能不动感情。这个可怜的、诚实的、赤心的孩子！

"现在一切都完了！"我又说，"一切都完了！现在我们应当分别了。"我偷偷地望望阿霞……她的脸立刻涨得通红。我觉得她又羞又怕。我在屋子里走来走去，像一个发高烧的病人似的说着："您不让刚开始成熟的感情有成长的时间，您，您自己先破坏了我们的友谊，您不信任我，您怀疑我……"

在我说话的时候，阿霞的身子越来越往前倾——然后，她突然跪下来，用她的手捧住了脸，抽噎地哭起来了。我跑到她的身边，要拉她起来，但是她不肯依我。我不能忍受女人的眼泪，我一看到它们，马上就没有主张了。

"安娜·尼古拉耶夫娜！阿霞！"我不断地重复说，"请，我求您，看在上帝的面上，不要哭了！"我又拿起她的手来……

但是使我非常惊讶的是，她突然跳起来，而且快得像闪电似的冲到门口，不见了……

几分钟以后，路易斯太太进来的时候，看见我还站在屋子中央，好像受了雷打一样。我不了解为什么我们的约会会这么快地、而且这样愚蠢地结束了，——在我还没有时间说出百分之一我所想说的,和我应当说的话之前,在我自己还不明白应该怎样解决这件事的时候就结束了……

"小姐已经走了吗?"路易斯太太问我,抬起她的黄眉毛,一直抬到她的假头发那边。

我像傻瓜似的望着她——就走了出来。

七

我匆匆地出了城，一直走到田野里去。烦恼，疯狂似的烦恼折磨着我。我不断地责备我自己。我怎么会不明白阿霞改变我们会面的地点的理由呢？我怎么会没有理解她到这个老妇人家里来付了多么高的代价呢？我怎么会不留住她呢？跟她单独地在那间幽暗的、差不多没有亮光的屋子里面，我居然有力量，我居然有勇气把她从我的身边推开，甚至责备她……现在，她的面影一直跟着我。我向她请求宽恕。她的苍白的脸，她的潮润的、羞怯的眼睛，她那低垂的颈项上的散发，她的头轻轻地靠在我的胸上，这些记忆烧着我。"我是您的……"我又听到她那轻柔的低语。"我凭着我的良心做事。"我不断地对我自己说……这不是真的！难道我希望这样一个结局吗？难道我能够跟她分开吗？难道我能够失掉她吗？"疯子！疯子！"我恨恨地说了又说……

这时候夜来了，我迈着大步向阿霞住的宅子走去。

十八

加京走出来接我。

"您看到了我妹妹吗？"他远远地就对我嚷起来。

"难道她不在家吗？"我问。

"不在。"

"她没有回来过吗？"

"没有。这是我的不是，"加京说下去，"我不能忍耐了：我没有遵守我们的约言，我跑到小教堂里去了。她不在那里。我想她没有到吧。"

"她没有到小教堂去。"

"您也没有见到她吗？"

我不得不承认我已经看到她了。

"在哪儿呢？"

"在路易斯太太家里。一个钟头以前我跟她分别的，"我又说，"我以为她早已回家了。"

"我们等着吧。"加京说。

我们走进屋子，坐在一块儿。我们谁也不说话。我们两个人都觉得非常不舒服。我们时时刻刻回过头去望着门口，倾听着。后来加京站起来了。

"这太不像话，"他喊着，"我的心乱极了，上帝呀，她要把我折磨死了！我们去找她吧。"

我们出去。外面已经很暗了。

"您跟她说了一些什么呢？"加京问道，把他的帽子拉下来遮住眼睛。

"我们在一块儿只有五分钟，"我回答了，"我照我们商量了的话跟她说了。"

"我想，"他接着说，"我们还是分开两路去找她的好；这样我们会快一点找到她，无论如何，您在一个钟头以后回到这里来。"

十九

我很快地穿过葡萄园走下山径，到城里去。我急急地穿过所有的街道，到处张望，连路易斯太太的窗户也望过了，我又回到莱茵河边，顺了岸跑着……我间或看到一个女人的影子，可是我始终看不见阿霞的影子。现在不再是烦恼折磨着我，——却是一种隐秘的恐惧使我痛苦，我不仅感到恐惧……不，我还感到悔恨，我还感到极大的同情，我还感到爱——是的！——那种最温柔的爱情！我绞着我的双手，在越来越浓的夜色里唤着阿霞，起先轻轻地唤，可是后来唤声一次比一次更高了。我反复地说了几百遍我爱她，我发誓永远不离开她，我宁愿放弃世界上的一切，只为了再握到她那冰冷的手，再听到她那轻柔的声音，再看到她在我的面前……她曾经近在我的身边，她曾经抱着极大的决心，怀着万分天真无邪的心灵与感情来到我的面前，她带给我她那完全纯洁的青春……可是，我并没有把它紧紧地拥在我的怀里，我把我自己本可以得到的那种至上的幸福，那种看到她那亲爱的小脸上闪耀着欢乐和宁静的狂喜的至上幸福失去了……这些思想使我快发狂了。

"她会到了哪儿去呢？她会不会做出什么事来？"我带着那种无能为力的绝望的苦恼唤着……有一样白色的东西突然在河岸上闪现了。我知道那个地方——那边，就是在那个七十多年前淹死的男人的墓上,立着一个一半埋在地里、刻着古老墓铭的石头十字架。我的心停止了跳动……我跑到十字架跟前,那个白色的东西不见了。我喊着:"阿霞!"我的狂叫声让我自己也害怕了——然而没有人回答我……

　　我决定去问加京,究竟找到她没有。

二十

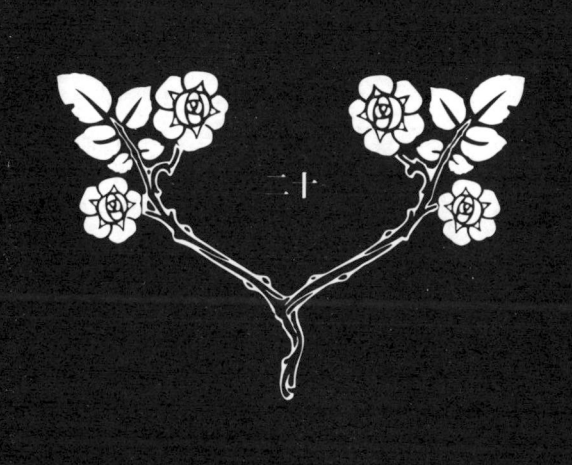

我匆匆地走上葡萄园的小径,我看到阿霞屋子里的灯光……这使我稍微安心一点。

我走近那所宅子,底下的门早已关上了,我敲了门。楼下那个没有亮光的小窗很小心地打开了,露出加京的头来。

"您找到她了吗?"我问加京。

"她回来了,"加京低声回答道,"她在她自己的屋子里,正在脱衣服。一切都好。"

"谢谢上帝!"我在一种不能用言语形容的狂喜中叫出声来,"谢谢上帝,现在一切都好啦,可是您知道我们还应该再谈一次话。"

"下次谈吧,"他答道,一面把暖窗轻轻地拉过去,"下次谈吧,现在再会了。"

"明天见,"我喃喃地说,"明天什么都可以决定了。"

"再会罢!"加京又说了一遍。窗门关上了。

我几乎要敲窗了。我想立刻就告诉加京,我要向他妹妹求婚。但是在这样的一个时刻,用这种方式去求婚……"等到明天罢,"我想,"明天我会幸福了。"

明天我会幸福了!可是幸福没有明天——它甚至也没有昨天;它既不记忆过去,也不去想将来,它只有现在——而且这并不是一天——只是短短的一刻。

  我记不清楚我怎样回到了 3 城,既不是我的脚在走路,也不是那只小船在渡我过河,却是宽阔有力的翅膀载起我在飞。我经过一丛灌木,有一只夜莺在里面唱歌,我站住,听了许久。我觉得它正在唱我的爱情,我的幸福。

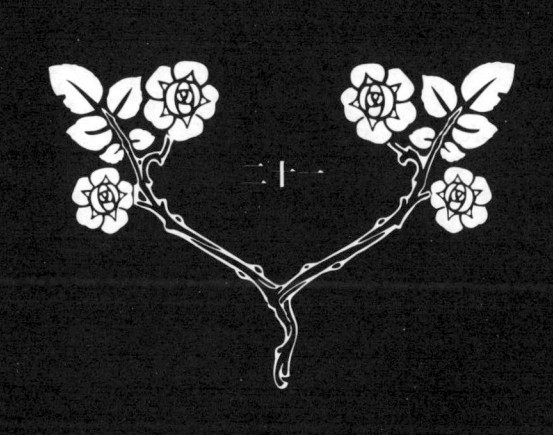

第二天早晨，我走近那所熟悉的宅子的时候，有一种情况使我吃惊了：那里所有的窗都大开着，门也打开了，一些纸片凌乱地散在门槛前面，一个拿着扫帚的女仆在门口出现了。

我走到她跟前……

"他们已经走了！"我还来不及问她"加京在家吗？"，她就大声说了出来。

"走了？……"我重说了一遍，"怎么会走了呢？他们到哪儿去了呢？"

"他们今天早晨六点钟就走了，并没有说到哪儿去。我想您就是H. 先生，是吗？"

"是的，我就是H. 先生。"

"女主人那里有一封留给您的信。"女仆上楼去，给我拿来了一封信，"就是这个，先生。"

"但是这不可能……怎么会这样呢？……"我说道。

女仆呆呆地望了我一眼，又继续去扫地了。

我拆开信。这是加京写给我的；阿霞连一个字都没有写。他一开始就求我不要因为他们突然地离开而生气；他以为经过一再考虑之后，我会同意他的决定。他在这种可能变成困难和危险的处境里找不到第二条路了。"昨天晚上，"他写着，"我们两个人缄默地在等待着阿霞的时候,我完全肯定这一次分别是必要的。某一些成见是我尊重的;我了解到您不会跟阿霞结婚。她已经把经过的一切告诉我了,为了她心境的平静,我不得不允许她再三的恳切的要求……"在信的末尾,他对我们的友谊这么快地结束表示遗憾,他祝福我,友谊地握着我的手,还要求我不要去找他们。

"什么成见?"我嚷起来,就像他还能够听到我的声音似的,"多荒谬!谁有权利把她从我的身边拉走呢?……"我紧紧地捧住我的头……

女仆高声地唤起房东太太来了:她的惊恐使我恢复了理性。在我的心里只有一个思想——去找寻他们,不惜任何代价去找寻他们。接受这个打击,忍受这个结局,在我是不可能的事!我从房东太太那里打听到,他们是搭早晨六点钟的轮船到莱茵河下游去了。我赶到轮船公司售票处,那边的职员告诉我,他们买了去科隆的船票。我抱着马上收拾行李去追赶他们的决心,回到家去。我走过路易斯太太的家……忽然我听到有人在喊我。我抬头一望,看到市长寡妇就在昨天我会见阿霞的那个房间的窗口。她带了她那令人厌恶的微笑招呼我。我转过头,正要朝前走去,她却喊住我,说她有东西要交给我。这些话使我站住了,使我跑进她的家去。我再看到这个小小的房间的时候，我怎么能够说明我的感情啊……

"老实说，"市长寡妇一边说，一边给我看一张字条，"我本来只能在您自动地到我这儿来的时候才交给您的，不过您是这样一位可爱的年轻人。您拿去罢！"

我接过来这张字条。

在一张小纸片上有着用铅笔匆匆地写下来的这样的字句：

> 别了！我们永远不会再见面了。我不是为了骄傲才离开这儿——不，我没有别的路走了！昨天我在您面前哭着的时候，只要您对我说出一个字，仅仅一个字——我就会留下来了。您什么都没有说。可见还是这样的好……别了，永别了！

"一个字……"哦，我真是疯子！那一个字……昨天我曾含着眼泪重复地说了又说，我曾对着风白白地不知道说了多少遍，我又在荒野里说了又说……可是我却没有对她说出它来。我没有告诉她，我爱她……那时候那个字我连说都说不出来。那时候，我在那间命定的屋子里遇见她的时候，我还没有明白地意识到我的爱情。甚至在我跟她的哥哥在那种荒谬的、痛苦的沉默里坐在一块儿的时候,爱情还没有在我的身上觉醒……只有在几分钟以后,我害怕一种灾祸可能发生,我开始去找她,唤她的时候,爱情突然带着它那不可抑制的力量爆发起来了……然而那个时候已经太迟了。"然而这是不可能的!"别人会对我说;我不知道究竟这是可能还是不可能,我只知道这是真的事实!倘使阿霞的天性里有一丝卖弄风情的影子,倘使她的地位不是私生女,她就不会走了。她忍受不了所有别的少女所能够忍受的:我并没有了解到这一点。我在暗黑的窗前最后一次看到加京的时候,附在我身上的魔鬼阻止我吐出已经到了我的嘴唇上的自白,我还能够捏住的最后的一根线索也从我的手里滑走了。

就在这一天,我收拾好行李,带着它们回到 Л 城,搭船到科隆去。我记得,轮船已经离开码头,我在心里默默地向那些我永远不能忘记的街道,那些我永远不能忘记的地方告别的时候,——我看到汉卿。她坐在岸边的长凳上。她脸色苍白,然而并不显得忧愁。一个漂亮的年轻人站在她的身边,笑着在跟她讲话。莱茵河对岸,我那座小小的圣母像还是那样忧愁地从老腧树的深绿色的树叶中间望出来。

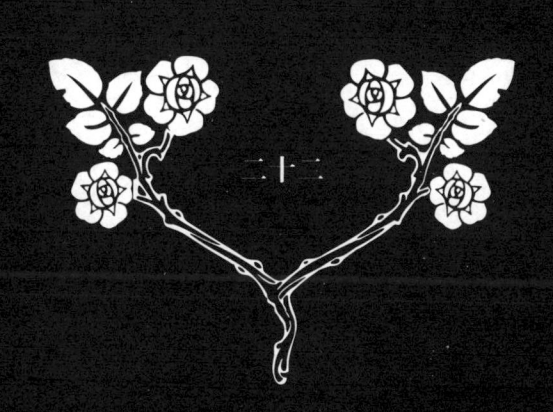

在科隆我探听到加京他们的行踪，我知道他们到伦敦去了。我追踪他们到伦敦。但是在伦敦任凭我怎样找寻都没有用。我好久都不愿意放弃我的追寻，我好久都坚持着要找到他们，可是后来，我不得不完全断念了。

我再也没有看到他们了——我再也没有看到阿霞了。虽然我偶尔还听到关于她的不确实的传闻，可是对于我她永远消失了。我连她是不是还活着都不知道。过了几年，有一次我在外国，在一列开行的火车车窗里看到一个女人的脸，使我鲜明地想起那个我永远忘不了的面容……但是我可能被偶然的相似欺骗了。在我的记忆里，阿霞始终是我一生中最好的时期里所认识的那个少女，始终是我最后一次看到的靠在一把矮矮的木椅子背上的那个样子。

不过我应该承认，我并没有为她悲伤太久：我甚至觉得命运阻止我跟阿霞结婚，这是一个很好的安排。我还用这种思想来安慰我自己：有着这样的一个妻子，我可能不会幸福。那时候我年轻——我还把将来，这短促、易逝的将来认为是无限的。我想着："难道发生过的事情就不可能再来，就不可能比从前更好，更美吗？……"我认识了别的一些女人，——但是在我的心里被阿霞所唤起的那种感情，那种热烈的，温柔的，深沉的感情，我再也不能感到了。不！没有一对眼睛可以代替那一对曾经充满了爱情望着我的眼睛，没有一颗偎在我的胸前的心，使我的心感受那么欢乐，那么甜蜜的陶醉！我命中注定做没有家室的流浪者，在孤独的生活里度着沉闷的岁月，然而我像保存神圣的纪念品似地保存着她那些短简，那枝枯了的天竺花——就是她有一次从窗口丢给我的那枝花。那枝花至今还留着淡淡的芬芳，可是那只掷花给我的手，那只我只有一次能够紧紧地按在我嘴唇上的手，也许早已在坟墓里腐烂了……而我自己呢——我的结果怎么样呢？那些幸福的日子，那些悲愁的日子，那些长着翅膀的希望和抱负留给我一些什么呢？一枝无足轻重的小草的淡淡的气息却比一个人所有的欢乐，所有的哀愁存在得更长久——甚至比人本身还要存在得更长久呢。